暗殺教室
あんさつきょうしつ

殺たん
ころ

センター試験から私大・国立まで！
問題集の時間

問題集をマスターすれば志望校合格の確率も急激アップです!!

Message From Yusei Matsui-Teacher
松井優征せんせーメッセージ

このたびは、暗殺教室　殺たん
「センター試験から私大・国立まで！
問題集の時間」を
お買い上げいただきありがとうございます！
今作は、殺たんシリーズの集大成である
「問題集編」となっており、

殺たんA、B、Cで学んだ単語・熟語・文法を
ドリル形式で楽しく復習できる構成にしました。

ご好評をいただいていた、E組メンバーによる
詳しくわかりやすい解説は、今作でも健在。
楽しく確実に英語を身に着けられる事うけあいです。

シリーズ全てをそろえれば、
「問題」と「解説」の実践的なセットで、

中学の日常の勉強から大学受験にまで、
幅広く、確実にカバーすることができます。

おそらく、漫画原作の学習書で、ここまで
長年に渡って役立つものはそう無いんじゃないかと
ちょっと鼻高々に思っています。

小説部分も、細部に渡って徹底した監修をさせて
いただいており、正式に漫画本編の続き
と思っていただいて間違いありません。
渚と茅野の活躍が見たかった方には
特におススメの内容です。

最後に、この殺たんシリーズに、とても丁寧に情熱的に
関わって下さった制作陣の皆さんにも
深く感謝して、作者のご挨拶とさせていただきます。

ありがとうございました！
機会があれば、
ぜひまたお会いしましょう!!

月　日　直　松井優征

KOROTAN INDEX 殺たん 目次

- 松井優征せんせーメッセージ ... 2
- 『殺たん センター試験から私大・国立まで！ 問題集の時間』の使い方 ... 6

第①章 単語 9

- 小説 入試の時間 ... 10
- 《問題と解答》単語(1) ―動詞― ... 18
- 《問題と解答》単語(2) ―名詞― ... 22
- 《問題と解答》単語(3) ―形容詞と副詞― ... 26
- ほんのちょっとのスペル違いで全く異なる英単語 ... 30

第②章 熟語 33

- 小説 卒業旅行の時間 ... 34
- 《問題と解答》熟語(1) ― on, in, by, off ― ... 48
- 《問題と解答》熟語(2) ― with, without, out, up/down, for ― ... 52
- 《問題と解答》熟語(3) ― at, as, to/from, of ― ... 56
- 試験に役立つ!? みんなが考える&教える!! 超・実践的アドバイス!!! vol.1 ... 60

第③章 文法I 61

- 小説 撮影の時間 ... 62
- 《問題と解答》文法(1) ―準動詞・前編― ... 70
- 《問題と解答》文法(2) ―準動詞・後編― ... 74
- 《問題と解答》文法(3) ―助動詞― ... 78
- 世界の掛け声「はい、チーズ！」 ... 82
- 試験に役立つ!? みんなが考える&教える!! 超・実践的アドバイス!!! vol.2 ... 84

第4章 文法Ⅱ 85

- 小説　誘惑の時間 …… 86
- 《問題と解答》文法(4)―関係詞― …… 98
- 《問題と解答》文法(5)―時制と仮定法― …… 102
- 《問題と解答》文法(6)―比較❶― …… 106
- ラーメン屋で使える会話集 …… 110
- 動物の集合名詞 …… 112

第5章 文法Ⅲ 113

- 小説　泥棒の時間 …… 114
- 《問題と解答》文法(7)―比較❷― …… 130
- 《問題と解答》文法(8)―その他― …… 134
- 《問題と解答》文法(9)―書き換え― …… 138
- 実は通じない!? 和製英語集 …… 142
- 試験に役立つ!? みんなが考える&教える!! 超・実践的アドバイス!!! vol.3 …… 144

第6章 英文解釈 145

- 小説　隣同士の時間 …… 146
- 《問題と解答》英文解釈(1) …… 154
- 《問題と解答》英文解釈(2) …… 158
- 《問題と解答》英文解釈(3) …… 162
- 試験に役立つ!? みんなが考える&教える!! 超・実践的アドバイス!!! vol.4 …… 166

第7章 長文 167

- 《問題と解答》長文 …… 168
- 《問題と解答》全訳 …… 180
- 日本文学の英語名クイズ！ …… 182
- 小説　出演の時間 …… 184

●袋とじ●

- 修了試験 …… 193
- 問題 …… 194
- 解答 …… 196
- 松井優征先生特別描き下ろし漫画 …… 198
- 松井優征先生特別描き下ろしイラスト・書き下ろし小説 …… 200

袋とじを先に見られるのは先生だけの特権です

ズルしちゃダメだぞ

『殺たん センター試験から私大・国立まで！問題集の時間』の使い方

「殺たん」シリーズの集大成!!

こんなに厚くない

ヌルフフフフ

『殺たん』シリーズも4作目。A〜Cを学んだ皆さんに先生が問題集を作成してみました。これまでの『殺たん』をマスターしている人には良い腕試しに、また、まだマスターしていない人には復習も兼ねて一段とレベルアップが図れる内容になっていますよ。問題集なので、机に置いた時にページが開いたままになるよう、本のサイズを大きくしたり、色々とバージョンUPもしています。『殺たん』シリーズを制覇すれば、センター試験での高得点GETや大学合格にも役立つこと間違いなしです。
まずは使い方から殺っていきましょう。

収録内容

赤ころシートもサイズアップ!!

高ろになった渚たちE組メンバーが集結して……

書き下ろし小説

袋とじ修了試験

『殺たん』シリーズ最大サイズで問題集が完成!!

松井先生描き下ろし漫画と書き下ろし小説を収録!!

ページの見方

● 問題ページ

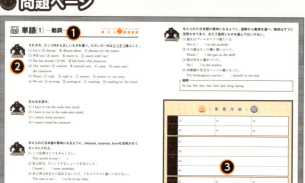

❶ セクション名

❷ そのセクションの問題（MONSTER）
選択形式から記述形式と、いろいろなタイプの問題がある

❸ 答案用紙
答えを書き込むスペース

何度も使えない？新しいのを買えば良いんじゃないかな

……不破さん

解説ページ

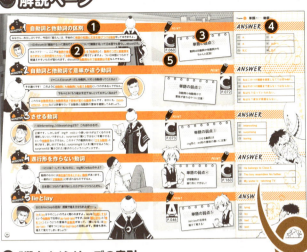

❶ 問題（MONSTER）の見出し

❷ その問題の解説
二人以上のキャラが解説する。間違えやすい点や覚えるべき点などを教えてくれる

❸ ○○の弱点
注意してほしい点や覚えてほしいところを一言で解説している

❹ ANSWER（解答）

覚えてほしい重要な箇所や答えは赤ころシートで消えるよ!!

❺ 『殺たん』シリーズの索引
これまでの『殺たん』シリーズで紹介・解説している箇所が分かる。
それぞれ該当する『殺たん』を見返して復習しよう

殺たん

殺たん
基礎単語でわかる！
熟語の時間

殺たん
解いて身につく！
文法の時間

集大成作なのでこれまでの『殺たん』の習熟度がカギを握ります

超・実践的アドバイス

試験に臨む受験者に、役立つアドバイスや経験談、失敗しないための方法を紹介

企画ページ
E組生徒による英語・外国語にまつわる雑学やトリビアを紹介

さらに……

もう終わり……
ちょ…待っ…

もっと紹介したいのに……スペースが……と…とりあえず第1章から始めてみてください〜

第1章
単 語

{Chapter 1. Words}

第1章は単語!
『殺たんA』を復習しながら、どんどん殺っていこ〜!

Korotan Novel
1. 入 試 の 時 間

1. 入試の時間

「大雪のため、各地の交通機関に遅れが出ています。本日予定されていた国公立大学の試験は、開始時間を遅らせて……」
　テレビのニュースが大雪の模様を告げていた。渚は自宅で昼ご飯を食べながらそのニュースを心配そうに見つめた。
　今日は、E組の仲間達が大学受験に挑む日だ。すでに高校の系列である蛍雪大学への内部進学が決まっている渚は、仲間達の健闘を祈った。
　──みんな時間通りに試験会場にいけたかな。
　そんなことを考えている時、スマホがLINEの着信を告げた。

(カルマ)いま、ヒマっしょ?

　渚は思わずテレビを二度見した。今、カルマは東杏大学の受験の真っ最中のはずだ。すぐに返事をした。

(渚)今日、試験だよね?
(カルマ)もちろん。いま昼休み
(カルマ)三時に終わるからこのあと会おうよ

　カルマからの誘いに、渚は苦笑いした。

(渚) 余裕だね
(カルマ) まあねー、で、四時にいつものファミレスでいい?
(渚) 大雪だよね?
(カルマ) こっちは大雪なのに試験受けてるんだっての
(カルマ) 渚も部屋でぬくぬくしてないで出てきなよ

　結局渚は押し切られて、新雪を踏みわけながらカルマとの待ち合わせ場所に向かった。駅からの道の途中で、小学生が雪合戦をしていた。流れ弾に当たらないよう気をつけながら、足元の悪い道を歩いていつものファミレスに先に入った。体が冷え切ってしまって、暖かい室内に入ったのに体の芯は冷たいままだ。体を震わせながら待っていると、約束の時間ちょうどにカルマがやってきた。
「よー」
　周囲の客の注目を浴びるくらい、背が高い。中学時代から10センチ近く身長が伸び、185センチになった。
　　──すごく不公平だ……。

　未だに160センチに届かない渚は、成長期がこれから来ると信じている。……永久に来ないと悟るのは数年後の話だ。
　カルマは、嫉妬と羨望の眼差しで見つめる渚を見てニヤッと笑った。
「どうしたの渚? 俺の顔の位置、高すぎて見えない?」

「……うるさいなぁ」
　渚は今年に入ってから、カルマの受験を気にして会わないようにしていた。受験を間近に控えたカルマから遊びの誘いがあると、渚の方がヒヤヒヤしてしまった。
「今日の試験どうだったの？」
「別にどうってことないよ。想定内の問題が出ただけだから」
　ハードな試験を終えたばかりのカルマは、疲れた表情も見せず、いつもの涼しい顔をしていた。
「試験はどうでもいいんだよ。呼び出したのは相談があってさ。E組全員で卒業旅行、行こうよ」
「……卒業旅行!?」
「俺ら、これから大学生になったり実家の仕事継いだりするから、一緒に遊びに行くチャンスなんて滅多になくなるじゃん。三月中旬ならみんな余裕あるんじゃね？」
「……三月中旬って、まだ入試終わってないよね。もし前期試験で落ちたら……」
「大丈夫だって。俺らE組だから」
　カルマはニヤッと笑った。
「竹林は高校受験の失敗を繰り返さないように実力に見合った私立大学に絞ったし、磯貝はさっき試験会場ですれ違ったけど、問題なさそう。寺坂ですら滑り止めに受かったから生意気にも大学生だ。聞いてる限り、みんな大体なんとかなるよ」
「そっかぁ……あっ」
　渚はそこでふと思い出した。
「茅野は行けないよ。そのころ、海外ロケだって言ってた」
「マジで!?　そっか残念……茅野ちゃんは売れっ子女優だもんなー」
「『ゴールドシティ』っていうアドベンチャーアクション映画って言ってたよ」
　カルマは驚いて椅子から半分立ち上がった。

「え、うそ、それって、『ソニックニンジャ』の監督の映画じゃん」
「そうなの?」
「そうだよ! すっげーうらやましいじゃん。もう国際派女優になってるんだな。茅野ちゃんすげーな」
　『ソニックニンジャ』は、E組にいた時、殺せんせーにハワイまで連れていってもらって、カルマと三人で観た。渚にとっても思い出深い映画だ。監督が好きだと言ってた割には「ベタだよね」と冷めた感想を漏らしたカルマと、そのベタなストーリーに号泣していた殺せんせーのギャップを思い出して、懐かしい気分になった。
「茅野ちゃんとマメに連絡取ってるんだ?」
「うん、メッセージやり取りしてるだけだけど。向こうは忙しくなる一方だし、僕らの遊びで貴重な時間を奪うわけにはいかないよ」

そう言って笑う渚に、カルマは呆れた。
「渚は遠慮しすぎ。俺らにとっては『磨瀬榛名』じゃなくて、同じE組だった茅野ちゃんなんだから。時にはダメ元で強引に誘ってみるのも、親愛なる仲間ってもんじゃね？」
「そうかもしれないけど……」
「でも、海外ロケ中じゃ卒業旅行に誘うのは無理か。ロケってどこに行くか聞いてる？」
「うん、東南アジアのプノン国。世界遺産の寺院群でロケだって」
　カルマがポンと手を打った。何かたくらみを思いついた顔だ。
「卒業旅行の行き先、決まったわ。プノン国の世界遺産観に行こう」
「えっ!?」
「ちょうどいいじゃん。卒業旅行、海外もアリだと思ってたからさ、茅野ちゃんのところに行っちゃおうよ」
「そんな、無茶だよ。僕達が行ったら迷惑になるし」
「別に撮影邪魔しにいくわけじゃないからいいじゃん。たまたま一緒になっただけだよ。たまたま」
　カルマは悪魔っぽい笑いを浮かべた。こうなったらもう止められない。
「決まりだね」
　カルマはさっそくスマホを取り出して、E組の仲間にメッセージを送った。すると、返事が次々と来た。

(倉橋) 卒業旅行、行こいこ～
(矢田) E組卒業してからなかなか全員で集まれなかったし、うれしいよー
(岡島) 南国いいねえ！　大雪忘れられるわ
(村松) 忙しくなる前に、どこか行きてぇと思ってたんだよなぁ
(吉田) 行こうぜ卒業旅行！

(イトナ) 寺坂が滑り止め合格したから他はみんな大丈夫だろ。行こう
(寺坂) いちいち俺を底辺にすんな！

「ほら、みんな行きたがってる。決定だね」
　カルマはスマホの画面を渚に見せた。旅行の計画がE組の間であっという間に盛り上がっているのを、渚も認めるしかなかった。
「しょうがないなあ、もう」
　そこに新たなメッセージが入った。それを見るなり、カルマは舌打ちした。

(磯貝) 卒業旅行、すごく行きたいな。
(磯貝) でも、まだ入試の結果もわからないし、どうしよう

「磯貝のやつ、なに弱気になってんだろ……あいつの実力ならぜったい受かってんのに」
「うーん……多分だけど……磯貝君は旅行代のことも気にしてるんじゃないかな」
「あーそっか、相変わらず貧乏だもんな……賞金も俺たちと同じ額しか受け取ろうとしなかったし」
　カルマのスマホが振動した。中村からのメッセージだ。

(中村) 格安航空券と宿の手配はまかせて！　海外の知り合いに取ってもらうから安く済むよ
(中村) ギリギリまでキャンセルOKだから、国公立受験組も申し込んじゃって大丈夫だよん

事情を察した中村からの絶妙なアシストだ。
「さすが、中村は仕事早いなぁ。これで磯貝も来れるよ。渚も文句ないっしょ?」
　渚は浮かない顔で答えた。
「……僕が茅野のスケジュール言っちゃったからみんなで押しかけることになって、責任感じるよ」
「そこ心配無用。茅野ちゃんのスケジュールは、今本人から直接もらったから」
「え!?」
　カルマは茅野からの返事を渚に見せた。

(茅野)その頃、撮影で日本にいないんだ。ゴメン。
(茅野)一緒に旅行行きたかった！　残念だよー
(カルマ)『ゴールドシティ』だよね？　製作発表のニュースこないだ見たよ。
　　　　すっかり国際派女優だね。
(茅野)そんなそんな、とんでもない。
(カルマ)ロケ地、東南アジアだってね。どこでロケするんだっけ？
(茅野)プノン国の世界遺産に行くんだよ
(カルマ)その寺、うちの親も行ってたけど水にあたって大変だった。くれ
　　　　ぐれも気をつけてね〜
(茅野)うん、ありがとう。みんなによろしくね！

「ほら、これで茅野ちゃんから直接ロケ地と時期確認したよ。渚がバラしたとか関係なくなったし、心置きなく旅行楽しもうよ」
　カルマはニヤニヤしながら立ち上がった。
　計画を立ててから三十分足らずで話をまとめたカルマの手腕に、渚は舌

を巻いた。
「気を遣ってくれてありがたいけど、大人数で押しかけちゃってほんとに茅野喜んでくれるかなあ……」
「もちろんだって。じゃあさ、茅野ちゃんに撮影スケジュールと宿泊先聞いといて」
「そんなの無理だって!」
「あはは、だよねー。俺だってそこまでずうずうしくは聞けないわ〜。みんなで押しかけること、茅野ちゃんにはサプライズにするから黙っといてよ」
　悪魔的な笑いを残して、カルマは店を出ていった。
　——相変わらずだなあ、カルマ。でも、ほんとに茅野に悪影響にならないかな……。
　渚は不安を抱えたまま、ファミレスにしばらく居続けた。

単語(1) ―動詞―

それぞれ、カッコ内から正しいものを選べ。ただし(4)～(6)は**2つずつ**選ぶこと。
(1) Let's (Ⓐ discuss　Ⓑ discuss about　Ⓒ discuss on) the matter.
(2) Will you (Ⓐ marry　Ⓑ marry to　Ⓒ marry with) me?
(3) She has already (Ⓐ left　Ⓑ left from) this classroom.
(4) Our teacher (Ⓐ entered　Ⓑ entered into　Ⓒ came　Ⓓ came into) the classroom.
(5) Please (Ⓐ reply　Ⓑ reply to　Ⓒ answer　Ⓓ answer to) my letter.
(6) We are (Ⓐ arriving　Ⓑ arriving at　Ⓒ reaching　Ⓓ reaching to) the hotel.

次の文を訳せ。
(1) I have to run the tsuke-men stand.
(2) I have to run to the tsuke-men stand.
(3) I cannot stand anymore.
(4) I cannot stand her anymore.

与えられた日本語の意味になるように、interest, surprise, boreを活用させてカッコに入れよ。
(1) この記事はとてもおもしろい。
　　This article is very (　　).
(2) 私は昨日、びっくりするニュースを耳にした。
　　I heard (　　) news yesterday.
(3) あの男はあまりに詰まらないので、うちのクラスに置いておけない。
　　The man is too (　　) to be in our class.

次の日本語を、与えられた単語を使って英語に訳せ。英単語は必要があれば活用させてよい。
(1) 彼はE組に所属しています [belong]
(2) その少年は父親に似ている [resemble]
(3) 姉はテレビを見ています [watch]

与えられた日本語の意味になるように、語群から動詞を選べ。動詞はすでに活用させてあり、また2度同じものを選んではいけない。

(1) 彼女はプールサイドで寝ている
　　She is (　　) on the poolside.
(2) その銃はそこの棚に置いといて。
　　Please (　　) the gun on the shelf.
(3) 彼は先生に嘘をついた。
　　He (　　) to the teacher.
(4) 幼稚園の先生はベッドに横になった。
　　The kindergarten teacher (　　) himself on the bed.

語群
lie, lay, lies, lays, lain, lied, laid, lying, laying

〈 答 案 用 紙 〉

MONSTER.1	(1)	(2)	(3)
	(4)	(5)	(6)

MONSTER.2	(1)
	(2)
	(3)
	(4)

MONSTER.3	(1)	(2)	(3)

MONSTER.4	(1)
	(2)
	(3)

MONSTER.5	(1)	(2)	(3)	(4)

MONSTER.1 自動詞と他動詞の区別

みなさん、お久しぶりです。今回の『殺たん』は、手始めに<u>単語の知識と文法を結びつける勉強</u>をしてゆきますよ。

(1)のdiscussは「議論する」って意味だろ？ 「～について議論する」って日本語でも言うし、aboutだろ。

ヌルフフフ……。ここでは<u>動詞の直後に目的語をとる</u>「<u>他動詞</u>」と、<u>動詞のつぎに前置詞をはさまないと目的語をとれない</u>「<u>自動詞</u>」の違いを問うていますよ。つい日本語につられて間違えやすいものが狙われます。discussは<u>他動詞</u>なので前置詞は<u>不要</u>なんですねぇ。

MONSTER.2 自動詞と他動詞で意味が違う動詞

じゃこんどはrunが(1)だと他動詞、(2)だと自動詞ってことかよ？

その通りです！ このように<u>自動詞にも他動詞にも使える動詞</u>というのがあるんですねぇ。

でも(4)とか「もう彼女を立てない」っておかしくねぇか？

これらは<u>自動詞用法と他動詞用法で意味が変わる動詞</u>なんです。ほかにも、<u>move</u>、<u>attend</u>、<u>drive</u>などは辞書を引いて自動詞と他動詞の意味を確認してみましょう。

MONSTER.3 させる動詞

(1)はinteresting、(2)はsurprisingだろ？ これはわかるぜ。

正解です。しかしなぜ －ingや －edという使い分けが出てくるのかを理解しないといけませんよ。surpriseは「驚く」ではなく「を驚かせる」という<u>他動詞</u>なんですねぇ。このタイプの動詞を俗に「<u>させる動詞</u>」と呼びます。訳し分けてみると、surprisingは「(人を)驚かせるような」、surprisedは「驚かされた(様子の)」というニュアンスです。

MONSTER.4 進行形を作らない動詞

(1)と(2)は「～している」なのに、-ing形じゃねえのかよ？

動詞のなかには<u>現在進行形をとれない動詞</u>があります。一般的に「<u>状態動詞</u>」と呼ばれるものですねぇ。

日本語につられて進行形にしたらアウトっつうことだな。

MONSTER.5 lieとlay

出たなlieとlayの活用！ 授業で唱えさせられたぜ……。

<u>lie</u>と<u>lay</u>はややこしいのでよく問われますよ。layは「<u>を横にする</u>」という<u>他動詞</u>で活用は<u>lay-laid-laid</u>ですが、lieは「<u>横になる</u>」と「<u>嘘をつく</u>」という2つの意味の<u>自動詞</u>があって、「横になる」は<u>lie-lay-lain</u>、「嘘をつく」は<u>lie-lied-lied</u>と活用します。発音も含め、唱えて覚えてしまいましょう！

単語(2) ―名詞―

カッコに入る正しいものをすべて選べ。
(1) We had (① a fun ② a lot of fun ③ fun) .
(2) Even bad news (① is ② are) welcome.
(3) Our teacher gave us (① a good advice ② good advices ③ good advice) .
(4) There were (① some pieces of papers ② some pieces of paper
　　③ some paper ④ some papers) on the floor.
(5) Do you have (① any informations ② any information ③ an information) ?

次の選択肢から正しいほうを選べ。
(1) Our class (① are ② is) very large.
(2) Our class (① are ② is) all assassins.
(3) It was difficult for me to make (① friend ② friends) with him.
(4) The Japanese (① is ② are) an industrious people.

次のカッコに、それぞれ適切な単語を入れよ。
(1) She has two sons. (　　) is in Hokkaido and (　　)(　　) is in Tokyo.
(2) (　　) agree with the opinion, (　　) disagree.
　　その意見に同意する人もいれば、反対する人もいる。
(3) The population of India will be larger than (　　) of China.
(4) (　　) student in his class is smart.
　　彼のクラスはみんな賢い。
(5) I lost my umbrella. I have to buy (　　).
(6) I bought a car. You can drive (　　) anytime you want.

次の3文を訳せ。
(1) It is nothing but a betrayal.
(2) It is anything but a betrayal.
(3) I will do everything but betrayal.

次の文を同じ意味になるように書き換えよ。

(1) He is proud of his ability.
　　→ He (　) pride (　) his ability.
　　→ He prides (　)(　) his ability.

(2) She succeeds in everything.
　　→ She is (　) in everything.
　　→ Everything she does is a (　).

MONSTER.6 可算名詞と不可算名詞

名詞には1つ、2つって数えられる可算名詞と、液体みたいにはっきりした区切りがなくて数えられない不可算名詞があるんだよね。

不可算名詞は冠詞のa/anをつけたり、複数形にしたりできないよ。adviceとかは数えられちゃう気がするから、ちゃんと覚えないと。

(1)のfunは不可算名詞なのに、a lot ofはつけてもいいの?

a lot ofは可算名詞にも不可算名詞にも使えるよ。でもfunsにはならないから注意してね。

MONSTER.7 単数・複数形に注意すべきその他の名詞

(3)のmake friends withは覚えた! shake hands withとかchange trainsとかと同じだよね。

そうそう。難しいのはclassだね。(1)はクラスっていう単位を指してるから単数なんだけど、(2)は個々のメンバーを思い浮かべてるから複数形になるよ。

(4)のJapaneseは「日本語」って意味じゃないよね?

こういうふうにtheがつくと「日本人」って意味で複数扱いになるよ。あと、このpeopleは「人々」じゃなくて「国民」っていう意味。ついでに覚えておこう。

MONSTER.8 代名詞

代名詞の問題だね。(5)と(6)は『殺たんC』で復習しとこー。(4)はAllじゃだめなの?

(4)はisに注目だね。allだとareになるはずだよ。「みんな」で単数扱いなのはeveryだね。

そういえばeachも単数扱いだったよね!

(1)のoneとthe other、(2)のsomeとothersの対比もよく問われるよ。(2)は「〜もいれば、…もいる」って訳すのがコツだね。

MONSTER.9 nothing / anything / everything + but

これは暗記しちゃってもいいかな。どれもbutは「しかし」じゃなくて「を除いて」っていうexceptの意味だよ。直訳すると、(1)は「それは何でもない、ただし裏切りを除いて」っていう意味で、「裏切りだ」って強く主張する文になるんだね。(2)は「何かである、しかし裏切りではない」、(3)は「何でもする、裏切り以外は」って感じだね。

MONSTER.10 be proud of〜

名詞・形容詞・動詞それぞれを使って同じ意味に書き換える定番の問題だよ。

be proud of、take pride in、pride oneself onだよね!前置詞まぎらわしいけど覚えたよー!

succeed in = be successful inもすぐに出てくるようにしておこうね。

Chapter 1 　単語(2) ―名詞―

ANSWER

(1)	2,3	(2)	1
(3)	3	(4)	2,3
(5)	2		

POINT
単語の弱点⑥
不可算名詞は単数！

a lot of は不可算名詞にも使える！

P.030

ANSWER

(1)	2
(2)	1
(3)	2
(4)	2

※ industrious：勤勉な

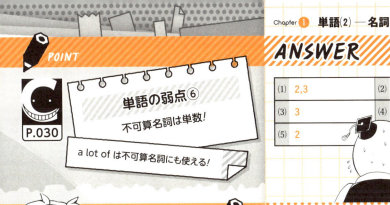

POINT
単語の弱点⑦
名詞は単数扱いか複数扱いかつねにチェック！

P.040

ANSWER

(1)	One		the		other
(2)	Some		others	(3)	that
(4)	Every	(5)	one	(6)	it

POINT
単語の弱点⑧
each, everyは単数！

P.036

ANSWER

(1)	それは裏切り以外のなにものでもない。
(2)	それは裏切りなんかではない。
(3)	私は裏切り以外ならなんでもする。

POINT
単語の弱点⑨
exceptの意味のbutを使った定型句を訳せるようにしておく！

P.237

ANSWER

| (1) | takes, in | | himself on |
| (2) | successful | | success |

POINT
単語の弱点⑩
be proud of、take pride in、pride oneself on！

P.215

CHAPTER 1 単語(3) ―形容詞と副詞―

カッコ内の正しいものを選べ。
(1) Good medicine tastes (① bitter ② bitterly) to the mouth.
(2) His plan sounded very (① good ② well).
(3) I like the city (① much ② very) better than the country.

次の文を訳しわけよ。
(1) Ⓐ I studied English very hard when I was young.
　　Ⓑ I hardly studied English when I was young.
(2) Ⓐ We are training at night lately.
　　Ⓑ We are training late at night.

次の英文の誤りを訂正せよ。正しい文である場合は○を記入せよ。
(1) You are necessary to practice shooting a gun.
　　あなたは射撃の練習をする必要がある。
(2) It will be convenient to live near the school.
　　学校の近くに住むと便利だよ。
(3) You are impossible to solve the problem.
　　あなたにその問題を解くのは無理である。
(4) The problem is very easy to solve.
　　その問題を解くのは簡単だ。

並べ替えて正しい文を作れ。文頭に来る単語も小文字にしてある。
(1) お前が賢いんなら、俺もだ。
　　(wise, you, I, are, am, if, so)
(2) 彼は現れなかったし、彼女もだ。
　　(he, she, did, did, not, appear, neither)
(3) 何か飲み物をいただけますか？
　　(I, to, can, something, have, drink)
(4) これちょっと着てみてもいいですか？
　　(I, on, try, it, may)

"I think you don't know him, do you?"（君は彼のこと知らないと思うけど、知らないよね？）という疑問文に、知っている／知らない場合それぞれの答えを英語で作れ。
(1)「いや、知ってるよ」
(2)「うん、知らない」

〈 答 案 用 紙 〉

| MONSTER. 11 | (1) | (2) | (3) |

MONSTER. 12
(1) Ⓐ
    Ⓑ
(2) Ⓐ
    Ⓑ

MONSTER. 13
(1)
(2)
(3)
(4)

MONSTER. 14
(1)
(2)
(3)
(4)

MONSTER. 15
(1) | (2)

MONSTER.11 形容詞と副詞の区別

(1)と(2)は副詞ではなく形容詞なんですね。

これ、taste も sound も be動詞と同じで補語をとるんだよね。知覚動詞ってやつ。日本語で考えると間違っちゃうとこが狙われるよー。

(3)は very ではいけないんですか？

これは比較級の強調には much とか still を使うって問題だね。最初は違和感あるかもしれないけど、much better、still better ってのに慣れとくといいよ。

MONSTER.12 hard/hardly, near/nearly, late/lately

これは –ly がつくと意味がめっちゃ変わるパターン。

(1)は、hard は「一生懸命」、hardly は「ほとんど〜ない」でほとんど正反対の意味になりますね！

near と nearly ってのもあるから辞書引いといてねー。

MONSTER.13 人を主語にできない形容詞

主語が it の場合と人の場合があるんですね。どう違うんでしょう？

be動詞の文で、補語の形容詞によって主語が人か it か決まるっていう問題だね。necessary とか convenient は it を立てないとダメで、逆に sure とかは It is sure って言えない。あと certain はどっちもアリだね。

MONSTER.14 語順

something to drink で「何か飲むもの」は基本ですね！
(1)と(2)は主語と動詞がひっくり返っていますよね？

(1)と(2)は倒置で、これはこのまま暗唱しちゃって良いと思うな。(4)は目的語が短いときは try on it じゃなくて try it on って it を挟むっていうルールがあるよー。

MONSTER.15 Yes/No の使いかた

これはどちらも日本語の感覚と違うんですね！

そうそう。英語だと、相手の質問に対する「はい／いいえ」じゃなくて、答えの内容が肯定か否定かで Yes か No か決まるから日本語とねじれるんだよね。日常会話でもしょっちゅう間違いそうになるから、反射的に言えるようにしとくと良いよ。

Chapter 1 ―単語(3)― 形容詞と副詞―

POINT 単語の弱点⑪
知覚動詞は形容詞を補語にとる！

比較級の強調はmuchかstill！

ANSWER
(1)	1
(2)	1
(3)	1

POINT 単語の弱点⑫
-lyがつくと意味がガラっと変わる単語に注意！

ANSWER
(1)
- Ⓐ 私は若いころ熱心に英語を勉強した。
- Ⓑ 私は若いころ英語をほとんど勉強しなかった。

(2)
- Ⓐ 私たちは最近、夜にトレーニングをしている。
- Ⓑ 私たちは夜の遅い時間にトレーニングをしている。

POINT 単語の弱点⑬
主語が人かitか規定する形容詞をチェック！

ANSWER
| (1) | It is necessary for you to practice shooting a gun. | (2) | ○ |
| (3) | It is impossible for you to solve the problem. | (4) | ○ |

POINT ワンポイント・アドバイス
(4)の語順については『殺たんB』の35ページで僕がよりエレガントに解説しているから、そっちを参照してほしい。

ANSWER
(1) If you are wise, so am I.
(2) He did not appear, neither did she.
(3) Can I have something to drink?
(4) May I try it on?

POINT 単語の弱点⑭
否定疑問文はYes/Noが日本語と逆になる！

ANSWER
(1) Yes, I do.
(2) No, I don't.

29

ほんのちょっとのスペル違いで全く異なる英単語

スペルを間違えやすい英単語を集めてみたよ。漢字だと「萩」と「荻」みたいなイメージかな。みんなも注意しようね！

スペルミス等が目立つものの英語が一番得意。将来の夢は、濃密な1年間を歩んだ殺せんせーが目標の教師。殺せんせーへの"最期の一撃"は渚が放った。

英単語	意味		英単語	意味
adopt	を採用する		adapt	を適合させる
advice	助言		advise	助言する
affect	に作用する		effect	効果・結果
alter	を変える		altar	祭壇
bag	カバン		bug	虫
banish	を追放する		vanish	消える
bellow	大声で鳴く		below	より下に
bland	味気ない		blend	を混ぜる
bold	大胆な		bald	禿げた
bubble	泡		babble	不明瞭に喋る
bulb	球根・電球		bulk	体積
compliment	お世辞		complement	補完物・補語
concession	譲歩		concussion	脳震盪
construct	を組み立てる		constrict	を締めつける
cortex	外皮		vortex	渦巻き
curve	曲線		carve	を彫る
dance	踊る、ダンス		dunce	のろま、バカ

英単語	意味	英単語	意味
dear	親愛なる	deer	鹿
desert	砂漠	dessert	デザート
dusty	ほこりっぽい	dusky	薄暗い
execution	遂行	excursion	遠足
expect	を予期する	except	を除いて
expend	を費やす	expand	を広げる
flow	流れ	flaw	欠陥
found	findの過去形	fund	資金
fun	楽しみ	fan	ファン・うちわ
further	もっと・さらに	farther	farの比較級
through	を通って	thorough	徹底的な
grin	（歯を見せて）笑う	grim	険しい・恐ろしい
hug	抱擁	hag	醜い老婆
inhabit	に住む	inhibit	を阻害する
literally	文字通りに	literary	文学の
lose	を失う、負ける	loose	緩い
mad	狂気の	mud	泥
mediation	調停	meditation	瞑想
par	等価	per	～につき
piece	一切れ	peace	平和
poach	密漁する	porch	ポーチ
pray	祈る	prey	餌食・犠牲
pressure	圧力	pleasure	喜び
principal	校長	principle	原理・原則
rug	絨毯	rag	ぼろきれ
rumble	轟く	ramble	散歩する
shatter	を粉々に砕く	shutter	雨戸
slay	を殺す	sly	ずるい
staff	スタッフ	stuff	材料、物質
stationary	静止した	stationery	文房具
stuck	stickの過去形	stack	ひと山
track	線路	truck	トラック
tramp	放浪者	trump	切り札
wander	歩き回る	wonder	不思議に思う、不思議なこと
warfare	戦争	welfare	福祉
waver	ゆれる	weaver	編む人

綴り順が異なる英単語

英単語	意味	英単語	意味
angel	天使	angle	角度
bear	熊	bare	裸の
dairy	乳製品	diary	日記
does	doの三人称単数現在系	dose	服用量
quiet	静かな	quite	かなり
rogue	いたずらっ子	rouge	口紅
steak	ステーキ	stake	くい、掛け金

LとRが違うだけの英単語

英単語	意味	英単語	意味
bleach	を漂泊する、漂白剤	breach	裂け目、違反
blush	赤面	brush	ブラシ
collect	を集める	correct	訂正する
clam	二枚貝	cram	〜を詰め込む
clap	拍手	crap	ごみ
clash	衝突する	crash	衝突する
flame	炎	frame	枠
flank	脇腹	frank	率直な
flesh	肉	fresh	新鮮な
flight	飛ぶ、飛行	fright	恐怖
lash	むち（で打つ）	rash	向こう見ずな
lip	唇	rip	を裂く
loyal	忠実な	royal	王の
pulse	脈動	purse	財布

第2章
熟語

{Chapter 2. Phrasal Verbs}

第2章は熟語がテーマ！
みんなは『殺たんB』で学んだこと覚えてる？
詰まったり疑問に思ったら『B』を読み返そうね！

Korotan Novel
2. 卒業旅行の時間

2. 卒業旅行の時間

「ひさしぶりー!」
「元気だった!?」
　空港のロビーで、再会したE組達が声をかけあった。同じ高校に行ったり、家が近所だったりしてよく会う同士はいるものの、全員がそろうのは殺せんせーの誕生日で集まって以来一年ぶりだ。
「杉野、また筋肉ついたんじゃね?」
　前原の呼びかけに杉野が照れ笑いする。
「まあな。4年後のプロ入りを目指して今からじっくり体作りだ」
　甲子園にも出場した杉野は、体が一回り大きくなっていた。
「大学野球でも活躍期待してるぜ」
「おう!」
　気分よく応じていた杉野だったが、突然緊張した顔になった。
「神崎さん……!」
　――もともと美人だけど、まぶしいくらいキレイになってる!
　杉野は密かに心を躍らせた。
「杉野君、久しぶり。センバツに出場してた時、テレビで応援してたよ」
「ホント!?　ありがとう!　一回戦突破できたの、奇跡って言われたけど神崎さんのおかげだったかも」
　杉野は鼻息を荒くした。
「いやあ、ごぶさた」
　竹林が現れた。岡島も一緒だ。
「あー、竹ちゃんおひさっ!　岡ちんもいる〜」

倉橋が手を振った。
「倉橋さんは首都農大に決まったんだっけ?」
「そうそう、生き物いじり放題なの〜。竹ちゃんはお医者さんなるんでしょ?」
「一応大学は通ったし、要領が悪いなりにコツコツやるさ。岡島は相変わらずエロ道まっしぐらなのかい?」
　岡島は胸を張って竹林に答える。
「まあな。エロを極めるのに大学なんて必要ない。フリーで飛び込み営業かけて、世界中の女のエロいグラビア撮りまくるぜ!」
「へ〜、よくわかんないけどかっこいい!」
　倉橋からは褒め言葉をもらったが、神崎はちょっと引き気味だ。

　E組を乗せたジェット機がうなりを上げて飛び立つ。ぐんぐん地面が遠ざかっていき、視界はあっという間に空と雲だけになった。
「ねえ、カエデちゃんの撮影現場にたどりつけるのかな?」
「ん―どうだろねー。規模の大きな国際合作映画だから、撮影隊目立つだろうし、現地行ったらなんとなく見つかるんじゃね?」
　矢田に尋ねられたカルマはのんきな調子で答えた。そばでそのやりとりを聞いていた寺坂が怒鳴った。
「カルマてめー、言い出しっぺなんだから、真面目にやれや!」
「もちろん」
　カルマはバッグパックをごそごそとやって取り出したものを寺坂に渡した。
「はい、寺坂よろしく」
　不審な顔で寺坂が受け取った包みを開くと、中にはTシャツとのぼりが入っていた。Tシャツには茅野の顔写真と『磨瀬榛名ちゃんは俺の嫁』という文字がデカデカと入っている。竹林がそのTシャツを手に取ってひっくり返すと、背中側には大きく『本気』という文字があった。「よくできた痛Tじゃないか」と竹林は感心した。

「写真選び、苦労したよ。このTシャツ着てのぼり立ててれば、地元の人が同情して連れてってくれること間違いなしだよ。がんばってねー」
「誰がやるか!」
　騒がしくしているカルマと寺坂を、本を手にした狭間がジロッと睨んだ。
「あーあ、男子のバカ騒ぎは中学から進歩しないわねぇ」
「うるせー狭間、お前だって相変わらず本の虫だろうが。しかも何だその英字小説はよ?」
「茅野の映画の原作小説よ。ロケ地を探す手がかりになるでしょ」
　おおっ、と周囲がどよめいた。
「で、どんなストーリーなんだ?」
「主人公は、ギャンブルで生計を立てて、一攫千金のチャンスを夢見ているダメ男。それがある日、日本から来た少女をたまたま助けちゃったことから、好かれてるって勘違いして少女のために悪党から仏像を守るのよ」
「仏像?」
「ただの仏像じゃなくて、古代文明の謎を解き明かす鍵なの。古代文明なんて冒険小説では使い古されたアイテムだわね。その仏像があるのが古い寺院で、ジャングルの木に侵食された寺の描写が迫力あるわ。このシーンは映画にも必ず使うわよ。これから行く先に、ぴったりの場所があるんでしょ?」
　狭間が振り返って渚の返事を待った。
「うん、世界遺産の有名な寺院群があるんだ。ジャングルの中にたくさんの寺が点在してて、中にはまるで森に食べられたみたいに埋もれている寺もあるんだって。事前に調べておいたことまとめて書いておいたから、持ってて」
　渚がみんなに配ったのは、世界遺産の現地の情報がまとまっているしおりだ。
「サンキュー、渚。さすが教師志望。修学旅行の殺せんせーを思い出すな」
　磯貝が受け取りざま渚に礼を言った。

「ははは……あれほど手厚くはないけどね」
　カルマも渚からしおりを受け取る。
「まあできる限りのことをやるしかないっしょ。竹林、SNSの方はどう？」
「律に手伝ってもらったよ。『ゴールドシティ』の撮影スタッフが投稿したものを集めてみた」
　律はみんなのスマホに集めた写真を送信した。
「ロケ地の場所を特定するような書き込みはありませんでした。ただ、撮影風景の写真はいくつかアップされていました。この写真を見てください」
　『ゴールドシティ』の主演俳優のジェローム・マーチが寺院をバックに写っている。
「わ、ジェローム・マーチだ。かっこいいよね、彼！」
「いま若手で一番きてる映画スターだもんね」
　中村がはしゃぎ、原が聞き役に回っている。
「僕はアニメのロケ地探しも守備範囲でね。聖地巡礼のためにアニメに描かれた背景と写真を見比べて特定するんだ。今はアニメも実在の風景をトレースして描くのを売りにすることがあるからね。例えば、家に設置されているアンテナの向きから方角を割り出して場所を特定したりするのさ」
　竹林はメガネをクイッと上げた。
「そ、そこまでするんだ……」
　竹林の話に矢田が少し引き気味の反応を見せたが、竹林は意に介さず話を続ける。
「その手法で分析したところ、渚のしおりに書いてある遺跡の可能性が高いね。6時間前の投稿だ」
「おお、じゃあこのワトバケン遺跡ってとこに行ってみようぜ！」
　テンションの上がっていた杉野がみんなに呼びかけた。盛り上がるみんなを見て、渚はかつての日々を思い出していた。中学の時に育てられた英語力は、今こうして海外旅行の情報収集に存分に活かされている。殺せんせーの存在を身近に感じ、渚は恩師に心の中でそっと感謝した。

そうして期待で胸を膨らませながら、E組は飛行機の旅を楽しんだ。

『本番、アクション！』

　鋭い声が古の遺跡に響き渡る。ジャングルの中のぽっかりと開けた土地に、千年近く前に栄華を誇っていた王朝の寺院群がある。巨大な石造りの建造物はいま現在も荘厳な姿を地上に留めている。
　その寺院群を舞台にした国際合作映画『ゴールドシティ』の撮影現場には張りつめた空気が漂い、スタッフが緊張した顔で俳優達を見守っていた。主演俳優のジェローム・マーチが立て続けにNGを出し、監督のナッツォーニがイラついているのだ。ジェロームは十代からヒットを飛ばしてスターダムにのし上がり、明るく奔放なキャラクターで二十一歳にして世界的な人気を誇っている若手スターだ。その人気にあやかって、『ゴールドシティ』では役名も「ジェローム」になっている。
　一方、茅野は高校進学後に「磨瀬榛名」として芸能界に復帰し、次々とテレビドラマ、映画に出演した。実力派の若手女優として、また英語も話せる点が買われて、この役を射止めた。
　いま撮影しているのは、ジェローム演じる主人公が、日本からやってきた少女と寺院にたどり着いたシーンだ。日本人の少女・リンは考古学者の父親が長年研究をしていた寺院を目の前にして感慨深くつぶやく。

『ここが……父が生涯を懸けて研究した寺ね』
『リンのおやじさんの寺についにたどり着いたか……。ずいぶんボロいな』

　監督のナッツォーニがディレクターチェアから立ち上がった。
『カット！　ダメだ。ジェローム、そこで「ボロい」なんてセリフは要らない。余計なセリフ足さないでくれ。ちゃんと芝居に集中するんだ！』

芝居にダメ出しをされたジェロームは肩をすくめてふてくされた。
『ジェローム様を見に来る野次馬が多くて、集中できないんだよ』
　捨て台詞を吐いて控室となっているトレーラーに戻ってしまった。
　ジェロームの言う通り、撮影現場の周りには大勢の見物人が集まっている。大人も子供も国際的なスターの出演する映画撮影に興味津々だ。
　茅野は車には戻らず、暑さを避け木陰に入ってジェロームの機嫌が戻るのを待った。
　まだ春が始まったばかりの日本からやってきた茅野にとって、熱帯のジャングルの暑さはこたえる。次の出番に備えて、体力の温存に努めた。
　椅子に座って涼んでいると、ふとE組のことが頭に浮かんだ。
　──いまごろ、みんなは卒業旅行かあ、一緒に行きたかったなぁ……。
　仕事が入っているから無理だとはわかっていたけれど、大切な存在であるE組の仲間と一緒に会う機会を逃したのはとても残念だった。
　E組で過ごした日々の記憶が次々と思い出される。
　触手の痛みをこらえて平気にふるまっていたこと、修学旅行の宿舎で殺せんせーを追いかけまわしたこと、巨大なプリンを作ったこと、そして渚と殺せんせーに命を助けられたこと……。

「かやの――っ」
　思い出に浸っていると、E組時代に呼ばれていた名前を誰かが叫んでいる。

　――いけないいけない、思い出に浸りすぎて声まで聞こえてきちゃった。しかもよりによって、一番聞きたかった声だ……。

　椅子から立ち上がって頭を振った。
「茅野――っ」
　今度ははっきりと声が聞こえた。声のする方へ振り向くと、そこには見慣れた顔があった。渚だ。
「渚っ!?」
　思わず叫んだあと、茅野は渚に駆け寄った。そこには渚だけでなく、カルマをはじめE組全員の顔が並んでいた。
「ええっ、みんなどうしてここに!?」
「あはは……」
　渚は笑いで答えをぼやかした。渚の代わりにカルマがいたずらっぽく笑って説明する。
「本ト偶然だよねー。俺らが企画した卒業旅行先とロケ地が一緒なんてさー」

「すっごい驚いたよー！　ちょうどみんなのこと考えてたところだったから、幻が見えちゃったのかと思ったよ！」
　茅野は、心底嬉しそうに満面の笑顔を見せた。
　E組の仲間達は、久しぶりに近くで見る茅野の姿にほれぼれした。役柄上、タンクトップにショートパンツというラフな格好だが、その容姿は以前より格段に輝きを増していた。
「さすが国際派女優、まーた可愛くなっちゃって！」
　そんな声に茅野は照れた。わいわい騒いでいると、
『ハルナ、どうしたんだ？』
　監督のナッツォーニがやってきて茅野に声をかけた。
『私の大切な友達が来てるんです！　中学の同級生なんです』
『ほう、ハルナの友達なら歓迎だよ。彼女は真のプロフェッショナルだ。尊敬すべき役者だよ』
　ナッツォーニが茅野をベタ褒めした。褒められた茅野が恐縮している間に、カルマが思い切ってナッツォーニに話しかける。
『俺、監督のファンなんだ。「キルロマンス」観てハマってさ。「ソニックニンジャ」なんて日本からハワイまで飛んでって観たよ』
『そりゃあ嬉しいな！　今度の映画、日本でどんどん宣伝してくれ！』
　カルマは差し出されたナッツォーニの手をがっちりと握った。
「あっ、あれ、ジェローム・マーチじゃね？」
　岡島が指をさすと、矢田と中村も後に続いた。
「ほんとだ、ジェロームだ！」
「うわ、本物はすっごいイケメンだなぁ。オーラあるわぁ」
　ジェロームは見物人達に視線を向けると、E組の女子達に目を留めて愛想よく手を挙げて応えた。
「ジェロームがこっち見たよ！」
「顔、ちっちゃ！」
　いまをときめく若手スターの一挙一動にE組の女子達が騒いだ。

ようやくジェロームがトレーラーから降りてきて、撮影現場が活気づく。スタッフ達は準備をスピードアップさせた。
『監督、準備整いました』
　スタッフから声がかかって、ナッツォーニと茅野は戻っていった。

　現場はジェロームとリンが急接近する重要なシーンの撮影を控えて緊張が高まった。
　茅野とジェロームが二人きりで寺院の前に立つと、メイク係がすばやく二人のメイクを直した。カメラオペレーターがフレームを決める。
　張りつめた空気を突き刺すかのように、ナッツォーニの怒鳴り声が飛んだ。
『アクション!』
　カメラが回った。
　倒れていたリンが体を起こすと、心配そうに見つめていたジェロームに語りかける。
『また助けてくれてありがとう』
『これからも何度でも助けるよ』
　しおらしい表情になっていたリンが、急にキッと表情を変えて叫ぶ。
『どうせあんたはお金目当てなんでしょ!』
『ああ。俺は金が大好きさ。でもな、他にも好きなものがあるんだよ!』
『何よ!』
　リンが強気に返すと、ジェロームがリンの両肩をつかむ。
『お前だよ』
　ジェロームがリンにキスしようと顔を近づける。
　E組は目の前で繰り広げられようとしている茅野のキスシーンを、じっと見守った。
「やっべー、キスシーンじゃん」
　岡島が小声でつぶやいた。

しかし、リンが顔を背けた。
『カット、カット！』
　監督の声がかかると同時に、リン役の茅野がジェロームに謝った。
『ごめんなさい』
『ジェローム様相手に緊張しちゃったね。リラックス、リラックス』
　ジェロームに笑いながら顔を覗きこまれ、茅野は悔しさで唇を嚙んだ。
『テイク２、アクション！』
　仕切り直してキスシーンを撮り直す。セリフの部分は順調に進むのだが、いざキスの部分になると、緊張のせいか茅野が硬くなり、またＮＧを出してしまう。その後もテイク３、テイク４、テイク５と重ねたところで、ナッツォーニが叫んだ。
『カット！　これはいくらやってもダメそうだ。もっと撮影日数重ねて、お互い打ち解けてからこのシーンを撮り直そう』
『ちぇっ、キスはおあずけかぁ。あとのお楽しみにしとくよ』
　ジェロームが茅野にウインクした。
　撮影スタッフが次のシーンのためにカメラや照明を動かしている間、ナッツォーニが茅野にこんこんと話をしていた。その様子をＥ組は心配そうに見守った。
　撮影隊は昼の休憩に入った。Ｅ組が遺跡の入り口近くの屋台でランチをとっていると、そこに茅野も合流してきた。
「カエデちゃんおつかれ〜」
　倉橋の天真爛漫な笑顔で迎えられると、茅野はまるでＥ組にいた時に戻ったような気分になった。
　撮影の疲れも忘れて、自然と笑顔になった。
「陽菜乃ちゃん！」
「すげーな、ジェローム・マーチ相手に英語ペラッペラじゃねーか」
　前原に褒められると、茅野は苦笑いしながら首を振った。
「けっこう危なっかしくてヒヤヒヤもんだよ。殺せんせーとビッチ先生に叩

き込まれたとはいえ、使わないとすぐ鈍っちゃうしね」
「そんな感じは全然しなかったぜ？　演技でも堂々と渡り合ってたし。最後だけちょっと手こずってたみたいだけどな」
　その前原の言葉に、茅野は自分の演技ミス連発を思い出した。普段の現場を知らない皆にはわからないが、さっきの演技は、実力派で鳴らす普段の彼女からはありえないほど精彩を欠いていた。

　――キスシーンなんて今まで何度も演ってきたのに……。

　村松がニヤニヤしながら茅野に尋ねる。
「やっぱ、あれくらいイケメンのハリウッドスターが至近距離に来ると緊張するもんかね？」
「う、うん、そうかもね、あはは」
　茅野が作り笑いをしながら首をかしげた。カルマはその笑顔の意味を敏感に悟り、茅野に耳打ちした。
「ごめんねー茅野ちゃん……キスシーンがあるんだったら、渚は連れて来ない方が良かったかな？」
「はぐぅ!?」
　図星を突かれて、茅野の顔が瞬時に真っ赤に染まる。
　百戦錬磨の実力派女優が、たった一人のために我を失う姿が面白くて、カルマはついちょっかいをだしてしまうのだ。
　撮影について矢田が興味津々といった感じで茅野に尋ねる。
「ねえねえ、国際合作映画ってなると、日本のドラマとか映画に出るより大変でしょ？」
「そ、そうだね……私は英語はなんとかなってるけど、スタッフの人もいろんな国から来ているし、現地で雇われた人は英語できる人ほとんどいなくて、まとめてるラインプロデューサーの人は大変そうだね。みんなの力が噛み合うのにまだまだ時間がかかる感じ」

「へええ」
「監督が急にアイデア思いついたりするんで、そのたびにスタッフがハチャメチャなことになったり、人手が足りなくなったりすることもあるよ」
　カルマは感心する。
「あー、ナッツォーニらしいわ。監督はそのくらいわがままな方が面白い映画作れんだろうねー」
　カルマはちらっと腕時計を確認した。
「もっといろいろ話聞きたいけど、茅野ちゃんはそろそろ時間？」
「あ、そうだね。もう行かなきゃ」
　茅野が席を立とうとしたところ、誰かが激しく言い争っている声が遠くから聞こえてきた。
「なんだろ……現場のほうからだ」
　不安な表情で茅野は撮影現場へと向かった。

熟語⑴ —on, in, by, off—

次のカッコに適切な語句を入れよ。

⑴ 私はスピードが自慢です。
　I pride (　　)(　　) my speed.

⑵ せんせーは自分の職業を誇りに思っている。
　Our teacher (　　) pride (　　) his profession.

⑶ 私の味方をしてね。
　Please (　　)(　　) me.

⑷ 電車に乗る
　get (　　) the train

⑸ 電車から降りる
　get (　　) the train

⑹ あなたは神を信じますか？
　Do you (　　)(　　) God?

⑺ 日本の電車はいつも時間通りだ。
　Trains in Japan are always (　　) time.

⑻ 授業にギリギリ間に合った。
　I was just (　　) time for the class.

⑼ 明日までにレポートを書きなさい。
　Do a paper (　　) tomorrow.

⑽ 自分の過ちについてよくよく考えてください。
　Please reflect (　　) your failure.

⑾ あの男が邪魔だ。
　That man is (　　) my (　　).

⑿ 生徒たちは私の過去の秘密を知りたいと主張した。
　The students (　　)(　　) knowing the secret of my past.

⒀ 強雨の今日の体育は中止になった。
　Today's PE was (　　)(　　) due to the heavy rain.

⒁ 彼は生まれつきエロい。
　He's horny (　　)(　　).

⒂ 「彼は今日ご出勤ですか？」「いいえ、休みです」
　"Is he (　　) duty today?" "No, he's (　　) duty today."

⒃ 日曜には仕事を休む
　　We rest from labor (　　) Sunday.

⒄ 1月に卒業旅行に行こう
　　Let's go on a graduation trip (　　) January.

⒅ やらねばならないことを先延ばしにするな
　　Do not (　　)(　　) what you have to do.

⒆ 彼は一人っきりで事態に対処しなければならない
　　He has to deal with the situation (　　)(　　).

⒇ 幸福は砂糖にあり。
　　Happines lies (　　) sugar.

〈 答 案 用 紙 〉

MONSTER.
1

(1)	(2)
(3)	(4)
(5)	(6)
(7)	(8)
(9)	(10)
(11)	(12)
(13)	(14)
(15)	(16)
(17)	(18)
(19)	(20)

49

MONSTER 1 on, in, by, off

ON／⑴ ⑷ ⑺ ⑽ ⑿ ⒂ ⒃

こっからは熟語ねー。『殺たんB』に超・対応してるから、復習しながら殺ってく感じでヨロシク！

onの基本は「上」と「接触」ですよ。⑷がわかりやすいですねぇ。

そっから「依存」とか「影響」とかの意味も出てくるよ。⑽とか⑿かな。あと⑺の on time ってのと⒃の on ＋曜日も超基本だから覚えときー。

OFF／⑸ ⒀ ⒂ ⒅

offの基本イメージは「離れる」だ。onの対義語だな。⑷と⑸を比べておけ。⒂はまさにonとoffの対比だな。

⒀の call off と⒅の put off の区別はけっこー間違いやすいから、セットで整理しといたほうがいいよ。

IN／⑵ ⑹ ⑻ ⑾ ⒄ ⒇

inは私の担当！基本はもちろん「〜の中」だけど、位置関係だけじゃなくて、⑹のbelieve inの「信じる」みたいな意味も大事だよ。⑵もそれに似てるね。

⑺on timeと⑻in timeの違いも要チェックかなー。あと⒇のlie inは consist in と同じ意味ってのも頻出！

BY／⑶ ⑼ ⒁ ⒆

byの基本は「近くに」と「手段」だぜ！⑶のstand byは「近くに立つ」から「味方する」って意味に発展した感じだな。

⑼のby＋時間が「〜までに」ってのは超大事ね。あと⒁のby natureとかもチョイムズだけど必須だよ。

⒆の再帰代名詞＋oneselfシリーズは164ページにまとめて出てくるぜ！

Chapter 2 熟語(1) ― on, in, by, off ―

ANSWER

POINT
B
P.020

POINT
B
P.030

POINT
B
P.090

POINT
B
P.218

(1) I pride (myself)(on) my speed.
(2) Our teacher (takes) pride (in) his profession.
(3) Please (stand)(by) me.
(4) get (on) the train
(5) get (off) the train
(6) Do you (believe)(in) God?
(7) Trains in Japan are always (on) time.
(8) I was just (in) time for the class.
(9) Do a paper (by) tomorrow.
(10) Please reflect (on) your failure.
(11) That man is (in) my (way).
(12) The students (insisted)(on) knowing the secret of my past.
(13) Today's PE was (called)(off) due to the heavy rain.
(14) He's horny (by)(nature).
(15) "Is he (on) duty today?" "No, he's (off) duty today."
(16) We rest from labor (on) Sunday.
(17) Let's go on a graduation trip (in) January.
(18) Do not (put)(off) what you have to do.
(19) He has to deal with the situation (by)(himself).
(20) Happines lies (in) sugar.

CHAPTER 2 熟語(2) — with, without, out, up/down, for — KOROTAN MOCK EXAM 殺たん模擬試験

次のカッコに適切な語句を入れよ。

(1) 将来についてせんせーに相談した。
　　I consulted (　　) my teacher about my future.

(2) タダで
　　(　　) free

(3) あれを買わせないように彼を説得しないといけない。
　　We should (　　) him (　　) of buying that.

(4) 床はBB弾で覆われている。
　　The floor is covered (　　) BBs.

(5) 私は生徒全員に尊敬されたいんです！
　　I want every student to (　　)(　　)(　　) me!

(6) 彼はE組を軽蔑している。
　　He (　　)(　　)(　　) class E.

(7) 俺は間違っていたということが判明した。
　　I (　　)(　　) to be wrong.

(8) どこか隠れるところを探さなきゃいけなかった。
　　I had to look (　　) somewhere to hide.

(9) 政府が僕らに最強のスーツを支給してくれた。
　　The government (　　) us (　　) the ultimate suit.

(10) エレベーターは故障中だ。
　　The elevator is (　　)(　　) order.

(11) 私のセンセイは最高の暗殺者を斡旋することで有名だ。
　　My teacher is (　　)(　　) mediating the best assassins.

(12) 誰もせんせーには追いつけない。
　　Nobody can catch (　　)(　　) our teacher.

(13) せんせーの弱点を書き留める
　　write (　　) our teacher's weak points

(14) 言うまでもなく、魚眼レンズは俺が調達する。
　　It goes (　　)(　　) that I will secure the fisheye lens.

(15) 助けを呼ばなきゃ。
　　We should call (　　) help.

⒃ 弾丸を使いきってしまった。
　　We ran (　　)(　　) bullets.

⒄ 格式張ったのは無しにしましょう。
　　Let's do (　　)(　　) all ceremonies.

⒅ 諦めちゃうんですか？
　　Are you going to (　　)(　　)?

⒆ 「DJ」はディスク・ジョッキーという意味だって知ってた？
　　Did you know that "DJ" stands (　　) Disk Jockey?

⒇ 皆のあら探しをするのはやめたほうがいい。
　　Stop trying to (　　) faults (　　) everybody.

〈 答 案 用 紙 〉

MONSTER. 2

⑴		⑵
⑶		⑷
⑸		⑹
⑺		⑻
⑼		⑽
⑾		⑿
⒀		⒁
⒂		⒃
⒄		⒅
⒆		⒇

MONSTER 2 with, without, out, up/down, for

WITH, WITHOUT／(1) (4) (9) (12) (14) (17) (20)

まずはwithとwithoutが対義語だということを理解してほしい。**前置詞は対義語を対応させて覚えると効率的**だ。

withの基本イメージは「**近くにある**」ってことだよ。(9)のprovide 人 with 物で「人に物を与える」っていう構文も大事だね。(4)は受動態だよ。

(12)のcatch up with、(20)のfind faults withは穴埋めではなく作文で問われても答えられるようにしておいてくれ。

(14)も(17)も頻出フレーズだ！ withoutは「〜なしに」だぜ！

OUT／(3) (7) (10) (16)

outはズバリ「**外**」だな。あたりめーだけど、inの対義語だぜ。

どれも頻出だが、(3)と逆の熟語はtalk 人 into doingだということは要注意。「〜させるように説得する」という意味になる。

(7)のturn outは「結局〜だとわかる」みたいな感じだな。(16)のrun out ofは「外に走る」なんて訳すなよ！

UP/DOWN／(5) (6) (12) (13) (18)

upとdownもセットで理解してほしいですねぇ。もちろん基本は「**上**」と「**下**」ですよ。

(5)のlook up toと(6)のlook down onはセットで覚えるといいですね！ upとdownだけじゃなく、toとonもきちんと区別しましょう！

FOR／(2) (8) (11) (15) (19)

forの基本は「**〜に気持ちが向かってる**」感じよ。まるで私とカラスみ…

「**目的**」のイメージも持っておくといい。(8)のlook for、(15)のcall forは基本中の基本になる。(2)のfor freeや(19)のstand forは「**交換**」というニュアンスでまとめられる。

Chapter 2 熟語(2) — with, without, out, up/down, for —

ANSWER

POINT B
P.052
P.058

(1) I consulted (with) my teacher about my future.
(2) (for) free
(3) We should (talk) him (out) of buying that.
(4) The floor is covered (with) BBs.
(5) I want every student to (look)(up)(to) me!
(6) He (looks)(down)(on) class E.
(7) I (turned)(out) to be wrong.
(8) I had to look (for) somewhere to hide.
(9) The government (provided) us (with) the ultimate suit.

POINT B
P.098

(10) The elevator is (out)(of) order.
(11) My teacher is (famous)(for) mediating the best assassins.
(12) Nobody can catch (up)(with) our teacher.
(13) write (down) our teacher's weak points
(14) It goes (without)(saying) that I will secure the fisheye lens.
(15) We should call (for) help.
(16) We ran (out)(of) bullets.
(17) Let's do (away)(with) all ceremonies.
(18) Are you going to (give)(up)?
(19) Did you know that "DJ" stands (for) Disk Jockey?
(20) Stop trying to (find) faults (with) everybody.

POINT B
P.064
P.066

POINT B
P.168

CHAPTER 2 熟語(3) — at, as, to/from, of — 殺たん模擬試験

次のカッコに適切な語句を入れよ。

(1) くつろいでください。
　　Please (　) yourself (　) home.

(2) 生徒全員が一定程度の進歩を遂げた。
　　Every student has made progress (　) a certain degree.

(3) 病気のせいで学校に行けなかった。
　　Illness (　) me (　) going to school.

(4) うちのクラスは皆かなりデキる。
　　My classmates are (　) high capability.

(5) 彼はその問題をどうしたらいいのか途方に暮れた。
　　He was (　) a (　) what to do with the problem.

(6) ちょっと頼みごとしていい？
　　May I (　) a (　)(　) you?

(7) 私は防衛省に所属している。
　　I (　)(　) the ministry of Defense.

(8) テストの結果に喜ぶ。
　　I was pleased (　) the test result.

(9) 君も歳を重ねるにつれて、萌えの価値が理解できるようになってくるよ。
　　(　) you grow older, you will come to appreciate the value of "Moe."

(10) 状況に応じて行動せよ。
　　Act (　)(　) the circumstances.

(11) ワインはぶどうから作られる。
　　Wine is (　)(　) grapes.

(12) このスーツは未知の素材でできている。
　　These suits are (　)(　) new material.

(13) 全てのルールには例外がある。
　　There are exceptions (　)(　) rule.

(14) 彼らはまるで僕がまだクラスメイトであるかのように接する。
　　They treat me (　)(　) I were still their classmate.

(15) 天気予報から判断して、明日の試合は延期になるだろう。
　　(　)(　) the weather report, tomorrow's game should be postponed.

⒃ 彼は食事には無関心だ。
　　He is ( )( ) foods.

⒄ ここは俺がなんとかする（面倒をみる）よ。
　　I will ( ) care ( ) the matter.

⒅ 僕がE組にいるかぎり、家族は僕のことを認めてくれない。
　　( )( )( ) I am in class E, my family will never admit me.

⒆ 彼は俺に前の先生を思い出させた。
　　He ( ) me ( ) my former teacher.

⒇ 彼が成功したのは完全に運のおかげだ。
　　He owes his success ( ) sheer luck.

〈 答 案 用 紙 〉

MONSTER.3	⑴		⑵
	⑶		⑷
	⑸		⑹
	⑺		⑻
	⑼		⑽
	⑾		⑿
	⒀		⒁
	⒂		⒃
	⒄		⒅
	⒆		⒇

MONSTER 3　at, as, to/from, of

AT ／(1) (5) (8)

atのイメージは「点」で、そこから「狙う」とか「目的」とかも出てくるよー。(8)のpleased atはsurprised atと同じatね。

(1)のat homeは日本語の「アットホーム」の使い方とちょっと違うから注意が必要だね。

at homeも(5)のat a lossもそうだけど、atナントカで「状態」って感じのニュアンスもあんだよね。at workで「働いてる」とかね。

AS ／(9) (14) (18)

ここでは接続詞のasを確認しておこう。asは文脈しだいで「時」や「理由」といった基本的なものから、もっとややこしい意味まで色々変わるから注意と慣れが必要だ。

(14)のas ifは仮定法の用法で、as thoughも同じ意味だから覚えておくといいよ。

(18)のas long asは和訳で問われたときに「長い」なんて訳さないでほしいな。asは最強の単語のひとつだから、かならず辞書も引いておこう。

TO/FROM ／(2) (3) (7) (10) (11) (13) (15) (16) (20)

fromとtoはセットだな！ toは「到着」、fromは「分離」みたいな感じで対比しとくといいぜ！

(2)、(7)、(10)、(16)、(20)など、すべて「到着」や「一致」のイメージで捉えられる。(16)のindifferentはdifferentの対義語ではないから注意してくれ。

(3)は6章の3番でも出てくる無生物主語の構文ってやつだから、そっちも要チェック！

OF ／(4) (6) (12) (17) (19)

最後はofねー。A of Bで「BのA」って覚えるんじゃなくて、「AはBの一部」って考えるのがまずは大事だよ。

(19)なんかは「所有」の意味で捉えるとイメージしやすいよ。

(6)のMay I ask a favor of you? はこのまんま使えるようにしときたいね。あと(11)のmade fromと(12)のmade ofの差だけど、made fromはブドウ→ワインみたいに材料の原形がなくなっちゃうやつ、made ofは木→イスみたいに材料の原形が残ってるときに使うよー。

Chapter 2 熟語(3) — at, as, to/from, of —

ANSWER

POINT B P.060

(1) Please (make) yourself (at) home.
(2) Every student has made progress (to) a certain degree.
(3) Illness (prevented) me (from) going to school.
(4) My classmates are (of) high capability.
(5) He was (at) a (loss) what to do with the problem.
(6) May I (ask) a (favor) (of) you?
(7) I (belong) (to) the ministry of Defense.
(8) I was pleased (at) the test result.

POINT B P.132

(9) (As) you grow older, you will come to appreciate the value of "Moe."
(10) Act (according) (to) the circumstances.
(11) Wine is (made) (from) grapes.
(12) These suits are (made) (of) new material.
(13) There are exceptions (to) (every) rule. ← 慣用句!
(14) They treat me (as) (if) I were still their classmate.
(15) (Judging) (from) the weather report, tomorrow's game should be postponed.

POINT B P.232 P.242

(16) He is (indifferent) (to) foods.
(17) I will (take) care (of) the matter.
(18) (As) (long) (as) I am in class E, my family will never admit me.
(19) He (reminded) me (of) my former teacher.
(20) He owes his success (to) sheer luck.

POINT B P.212

試験に役立つ!? みんなが考える&教える!! 超●実践的アドバイス!!! vol.1

センター試験や大学入試等、試験にまつわる"とっても使える"アドバイス(!?)をご紹介!!

磯貝悠馬 テスト中

自分ルールを作ると良いぞ。長考しないように、1問あたりの時間を作るとか、一気に見直すんじゃなくて一定数の問題ごとに確認するとか。

岡野ひなた テスト当日の朝

朝はしっかり食べて行こう。静かな会場内でお腹が鳴ったりしたら、恥ずかしさで問題を解くどころじゃなくなるよ。私は全然気にしないけどさ。

奥田愛美 テスト前日

試験に必要な「持ち物リスト」を作っておいて、忘れ物がないか、前日までに必ずチェックしましょうね。

片岡メグ テスト当日の朝

試験会場近くのコンビニや会場内の食堂は混む可能性が高いわ。だから、軽食とかを持参していくのがイケメンかな。

茅野カエデ テスト直前(休み時間含む)

糖分が必要ってことでみんなお菓子を持ち寄るんだって。語呂が良いから、キットカットが人気なんだよー。

うわやべぇ

今日受験する試験の受験票がどっかいった……

どんだけ受けんだよ!

第3章
文法 I

{Chapter 3. Grammar I}

ここからは文法だよ！
文法編の『殺たんＣ』に対応してるから、
よ〜く思い出しながら解いていこう！

Korotan Novel
3. 撮影の時間

3. 撮影の時間

　茅野とE組が昼休憩を終えた撮影現場に戻ると、スタッフの一人と監督のナッツォーニが激しく口論をしていた。助監督達やジェロームまで仲裁に入ろうとしていたが、二人はヒートアップするばかりだ。
『これ以上撮影日を延ばせない。監督のやり方は時間がかかりすぎなんだ』
『スケジュールを守るために動くのはお前の仕事だろ、現地スタッフとの意思疎通に手間がかかるし、物品調達もやたらと時間がかかってるせいで撮影が遅れてるんだ』
『人のせいにするな！　監督がたびたびシーンを変更するから遅れてるんだ』
『この映画をよりよくするのが俺の仕事だからな！』
　機材運搬をしていた現地スタッフも足を止めて、監督とラインプロデューサーの口喧嘩を見守った。英語のつたない現地スタッフはどんどん早口になっていく二人のやりとりに目を白黒させていたが、カルマや中村がやり取りを聞き取って簡単な英語でかいつまんだ内容を伝えると、熱心に聞き入った。
『俺がどう変更しようと、それを実現させるのがお前の仕事だろ？』
　そう言われて、ラインプロデューサーの堪忍袋の緒がついに切れた。
『ああ、わかったよ。そこまで俺の仕事が気に入らないんなら、自分でスタッフ集めてなんとかしろ。俺は降りる』
　言いたいことを言い終えると踵を返した。
『おい、待てよ！　仕事場を放棄するのか!?』
　その声にもう一度振り向くと、ナッツォーニに向かって中指を立てて立ち去った。怒ったナッツォーニはイタリア語を早口でまくし立てる。『監督、

一言謝って戻ってもらおうよ』とカメラマンに言われても全く聞く耳を持たなかった。
「うわ……なんか知らねぇけど、完全にヤベぇぞ」
　寺坂がつぶやいた。茅野はその様子を呆然と見つめている。ラインプロデューサーが現場を去ると、彼が集めた現地スタッフも一人、二人と離れていってしまい、撮影機材を運んでいたスタッフもいなくなってしまった。カメラマンはその状況にお手上げで嘆いた。
『監督、どうするんだよ！　これじゃ撮影できないって。助手がいなくなったら、手足をもがれたも同然だよ！』
　怒りが落ち着いてくると、ナッツォーニは自分のしでかしたことを後悔し始めた。
『……新しいスタッフが必要だな』
『そんなのいったいどこにいるんだ!?　もうスケジュールはギリギリなんだぞ！』
　カメラマンが監督をなじった。頭を抱えているナッツォーニの姿を見つめていたカルマが、茅野に声をかけた。
「茅野ちゃん、俺等が手伝やいいんじゃね？」
　寺坂が横からすぐ突っ込んだ。
「アホか!!　俺達ド素人だぞ？」
「だからだよ。寺坂はド素人の体力バカだ」
「はぁ!?」
「ってことは力仕事や雑用なら手伝えるだろ？　茅野ちゃんの出演作を俺等で支えようよ」
　渚はカルマの言葉に力強くうなずいた。
「殺せんせーや烏間先生やビッチ先生のもと……あの暗殺教室で、僕らは色んな刃を磨いてきた。今回だって、何か役に立てることがあるはずだよ」
「おう！」
「やろーよ！」

E組達がいっせいに声を上げる。茅野が仲間達の心意気に感動した。
「みんな……ありがとう！」
　E組の中で話がまとまると、茅野はE組をナッツォーニの元に連れていった。
『監督、私の友達がスタッフに入って手伝いたいって言ってます！』
『申し出はありがたいけど、どんなことができるんだい？』
　半信半疑のナッツォーニに対して、カルマが進み出て、流暢（りゅうちょう）な英語で話した。
『この通り、皆それなりに英語話せる上に色々技能持ってるから、役に立つと思うよ。日本人スタッフとの通訳もできるし、こいつなんかは特に頑丈なんで人柱（ひとばしら）として土に埋めてもらってかまわないし』
　カルマが寺坂を指さすと、ナッツォーニがその冗談に笑った。
『ははっ、君の英語は完璧だね。友達もこのくらい話せるなら助かるよ』
「おい、カルマ。いまなんか言ったろ？」
「寺坂君をどうか大事に扱ってくださいってお願いしといた」
「ケッ、どうせ酷使しろとか頼んだんだろーが」
　猫の手も借りたい現場の事情もあり、E組はさっそく撮影スタッフの各班に振り分けられた。
　テレビマン志望の三村（みむら）が、助監督のアシスタントとして早速現場に入り込むと、岡島（おかじま）が撮影班、菅谷（すがや）が美術班の手伝いに名乗り出た。
　他にも原は衣装班、村松はケータリング班など、人手不足の班があると聞くやE組の面々は英語力を活かしてどんどん参加していった。吉田（よしだ）は、セットを動かす機材車のメンテナンスを買って出た。
「暑っちーなぁ」
「はい、水分きちんと摂（と）ってね」
　渚がペットボトルを持ってきて吉田に渡した。
「おう、サンキュー。渚はどこの班よ？」
　渚は肩を落として答える。
「力要らない雑用全般……。さっき照明の機材運びを手伝おうと思ったん

だけど、力がなさすぎて全然持てなくて、女性スタッフに怒られちゃって」
　──もうすぐ大学生なのに、相変わらず漢らしさの欠片も無ぇ……。
　へこむ渚を見て吉田は嘆いた。

　撮影隊は実際の寺院の近くに、数か月ほど前から巨大なセットを建てていた。主人公のジェロームとリンが迷い込む石造りの遺跡を新たに作っていたのだ。
　そこへ、千葉と速水がセットを覗きにやってきた。
「よお、千葉は建築学科に進むんだよな」
　菅谷はセットをハケで塗り直ししながら声をかけた。
「そうなんだ。こういう構造物って、ちゃんとした建築とは別物だけど、どんな技法で組み立ててるのか興味あって見に来た」
「俺も似たようなもんだ。こんな面白い仕事に絡めるなんて、俺等にとっちゃ棚ぼただよな」
「しっかしすごいな。セットでこんなにでっかいの作っちゃうのか」
　千葉はその大きさに驚いた。
「まるで本物みたいだね」
　速水は菅谷が塗っている部分をじっくりと見た。この石造りの遺跡のセットは実際には石でできているのではない。内部は鉄骨と木材を組んでしっかりとした構造物を建て、外側はスチロール製のものに着色した模造の石を貼っているのだ。
　目を丸くしている千葉達に向かって、美術助手の職人が話しかけてきた。
『はは、驚いてるね。ちょっと中を見せてやろう』
　美術助手は千葉達三人をセットの中へと誘った。セットの中は忘れ去られた寺の雰囲気をよく出していて、長年人の手が入らずに荒れた感じはもちろん、ひび割れて内部に水がしみ出しているような感じすらある。石造りの通路が延々と深く続いている。
『よくできてるだろ。この奥に入ってごらん』

言われるままに石造りの通路に入った。千葉達は美術助手についていくまま薄暗い通路を進んでいく。急に美術助手が立ち止まった。
『ほら、ここから先は壁なんだ』
　奥へと続いているはずの通路を拳で叩いた。そこは通路ではなく壁だった。行き止まりになっている。
『壁に絵を描いて奥に通路があるように見せかけるだけでいいんだ。ぜんぶ本物と同じように作りはしないんだよ。節約できるところはしないとね』
　菅谷はその出来栄えに感心しきりだった。
「俺もE組でいろんな擬装(ぎそう)やったけど、やっぱ本職はすげぇな」
　菅谷はそのことを美術助手に伝えたかったが、言葉が出てこなかった。
「このこと伝えたいんだけど、英語でなんて言えばいいんだったっけ？　俺、英語得意じゃないしな……」
　躊躇(ちゅうちょ)している菅谷に、速水がアドバイスをする。
「片言と身振り手振りで伝わるって。今言わなかったら後悔するよ」
「わかった」
　菅谷は速水からの後押しをもらって、勇気をふるった。
『この仕事、素晴らしい。俺も美術をやってるけれど、なかなかこうはできない』
『そうか、それはうれしいな！』
　二人のコミュニケーションがうまくいったのを受けて、速水がかすかに笑みを浮かべた。

　E組達が美術班を手伝うことでセットの修正が急ピッチで進められる一方、ナッツォーニは次のシーンの撮影にかかりきりだ。
　アクションチームが、ジェロームの体にハーネスを装着している。ジェロームがジャングルの木々を走り抜け、跳び、木にかかったつるを使って縦横無尽に動き回るシーンだ。

身体能力に自信のあるジェロームは、早く動きたくてうずうずしている。
『世界中の女の子が、また俺のアクションにメロメロになるぜ』
　ジェロームのハーネスにつないだワイヤーを二人がかりで引っ張ると、彼の体が宙に浮き、ダイナミックに空中移動した。アクション監督の指導の下、ジェロームが空中を駆けていく。
「おおー、かっけー！　フリーランニングとも違う動きだな!」
　ワイヤーを引っ張る役割を任された岡島がその動きに目を見張った。
『ヒューッ!!』
　ジェロームが奇声を出しながら木々の間を縫うように跳ねる。さすがの運動神経だ。
『いいぞいいぞ、その調子だ!』
　ナッツォーニが喜んだ。
　ジェロームの動きをより派手に見せるため、クレーン撮影とレール移動撮影を組み合わせてテストを重ねた。しかし、その映像をチェックしたナッツォーニは不満げだ。
『せっかく素晴らしい動きをしているのに、カメラが普通すぎる。もっと、誰も見たことのないような衝撃的な画がほしいんだよ』
　そこまで話したところでナッツォーニはポンと手を打った。
『そうだ、カメラマンもワイヤーで吊るそう！　ジェロームを後ろから追いかけて撮影するんだ』
　ワイヤーを引っ張る人手が新たに必要になり、イトナと木村が加わった。
『ウォ！　こんなにバランス取るの難しいのか!』
　カメラマンが初めてのワイヤーに苦戦している。ワイヤーに吊られながら動くのは見かけほど簡単ではない。ファインダーを覗きながらになるとさらにバランスを取るのに苦労する。
　ナッツォーニがテスト映像を確認したところ、カメラがずっとジェロームを追いかけてダイナミックな映像にはなったものの、画面が激しくぶれて使いものにならなかった。

『ちょっと、休憩させてくれ。目が回る』
　カメラマンが音を上げて、ワイヤーを外した。
『せっかく面白い映像になりそうだったのに、もったいないなぁ』
　ナッツォーニが残念がっていると、岡島が手を挙げて進み出た。
『あのー、俺いつもスポーツ選手を撮ってるから、激しい動きをカメラで追うのは慣れっこなんだ。やらせてもらっていいですか？』
『スポーツカメラマンか、それなら一発やってみるか？』
　岡島がハーネスをつけられ、ワイヤーでグンと持ち上げられた。
「木村、もっと早く動かしていいぞ!」
「OK!!」
　俊足の木村がワイヤーを引っ張って走る。岡島の体が宙を舞った。
「ヒャッホウ!!」
　岡島がカメラを構えながらジェロームの後ろをぴったりとついていき、アクロバティックな動きを自由自在にカメラに収めた。ナッツォーニはモニターに映る映像に興奮した。
『いいぞ、いいぞ！　この動きだよ!』
　岡島は時に木を蹴ってカメラアングルを一気に変える。ジェローム以上に大胆な動きで、あらゆるアングルから被写体を正確に追い続けた。
『カット!!　素晴らしい！　躍動感あふれるシーンになるぞ!』
　ナッツォーニが絶賛する。褒められた岡島は鼻高々だ。
『いつもはもっとスピードのある美人アスリートを追いかけてるんだ。これくらい朝飯前さ!』
　ワイヤーを引いていたイトナがつぶやいた。
「すべての道はエロに通ず、だな」
　岡島の活躍を始めとして、E組の元暗殺者達は様々な方面で撮影スタッフの信頼を得ていった。

文法(1) —準動詞・前編—

カッコ内から正しいものをすべて選べ。
(1) When something happens, please let me (① to know ② knowing ③ know) .
(2) I will get him (① do ② to do) the job at once.
(3) I've never heard him (① talk ② to talk ③ talking) in front of you.
(4) She was made (① marry ② to marry ③ marrying) to a rich old man.

与えられた日本語の意味になるようにカッコを埋めよ。
(1) 彼は息子に自転車を直させた。[直す：repair]
　　→ He had (　　)(　　)(　　) the bicycle.
　　→ He had the bicycle (　　)(　　)(　　) his son.
(2) 私はカバンを盗まれた。
　　→ I had (　　)(　　)(　　) .
　　→ I was (　　)(　　) my bag.
(3) 私は彼にそれを理解させることができなかった。
　　→ I couldn't make (　　)(　　) it.
(4) 私は彼に理解してもらえなかった。
　　→ I couldn't make (　　)(　　)(　　) him.

つぎの文をそれぞれ訳しわけよ。
(1) Ⓐ I have to remember to see him at the school gate.
　　Ⓑ I remember seeing him at the school gate.
(2) Ⓐ He stopped to talk with his teacher.
　　Ⓑ He stopped talking with his teacher.
(3) Ⓐ I forgot doing my homework.
　　Ⓑ I forgot to do my homework.

与えられた日本語の意味になるようにカッコを埋めよ。
(1) 彼は体重を減らさなくてはならない
　　→ It is necessary (　　)(　　)(　　) lose his weight.
(2) 窓を開けていただけますか？
　　→ Would you mind (　　) the window?
(3) 窓を開けてもいいですか？
　　→ Would you mind (　　)(　　) the window?

与えられた語を並べ替えて正しい文を作れ。ただし、それぞれひとつだけ使わない単語が含まれており、文頭に来る単語も小文字にしてある。

(1) (how, to, to, knowing, not, react), I remained silent.
(2) Her letter said that she was sorry for (is, able, to, to, being, not, come) the party.
(3) You (better, had, not, go, to) out.

〈 答 案 用 紙 〉

MONSTER.1	(1)	(2)	(3)	(4)

MONSTER.2	(1)	
	(2)	
	(3)	
	(4)	

MONSTER.3	(1)	Ⓐ	
		Ⓑ	
	(2)	Ⓐ	
		Ⓑ	
	(3)	Ⓐ	
		Ⓑ	

MONSTER.4	(1)	(2)	(3)

MONSTER.5	(1)	
	(2)	
	(3)	

使役動詞／知覚動詞

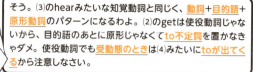

make、have、letは使役動詞ってやつっすよね。

そう。(3)のhearみたいな知覚動詞と同じく、動詞＋目的語＋原形動詞のパターンになるわよ。(2)のgetは使役動詞じゃないから、目的語のあとに原形じゃなくてto不定詞を置かなきゃダメ。使役動詞でも受動態のときは(4)みたいにtoが出てくるから注意しなさい。

現在分詞と過去分詞 ── 能動と受動

ingは「～する」、edは「～される」でしょ？

そう、-ingのついた現在分詞は能動（～する）、-edのついた過去分詞は受動（～される）ってのが基本よ。誰がするのか、誰がされるのかを意識しなさい。

(4)は「自分自身を理解されるようにする」ってことなんだ。めんど……。

英語ではとても自然な言い回しなのよ。4つともテストでは超頻出だし、日常会話でもしょっちゅう使うからパッと使えるようにしておくと便利ね。

不定詞と動名詞の違い

どれも動詞は同じで、後ろがto doかdoingかってのが違うんだ。そんなに意味かわんの？

この3つはto doかdoingかで意味がガラッと変わる典型例よ。超頻出ね。to doは未来、doingは過去っていう感じでイメージしておくと良いわよ。

準動詞の意味上の主語

It is necessary for him to doは何回もやらされて覚えたぜ。

不定詞(to do)の意味上の主語はfor＋目的格、動名詞(doing)は所有格で表すわよ。(2)と(3)の区別は内容によってはひどい間違いになるから気をつけなさい！

準動詞の否定

基本的には単にnotをつければいいんでしょ？

そうね。ただ(3)のhad better notなんかはイレギュラーで間違えやすいわよ。カタマリごと覚えちゃいなさい。

Chapter 3 　文法(1) ── 準動詞・前編 ──

POINT 文法の弱点①

使役／知覚動詞＋目的語＋動詞の原形！

getは使役動詞じゃない！

使役・知覚でも受動態のときはto不定詞！

ANSWER

(1)	3
(2)	2
(3)	1, 3
(4)	2

通常はtalkだが、talkingだと「話しているのを」という進行形のニュアンスが出る。

POINT 文法の弱点②

現在分詞は能動、過去分詞は受動！

ANSWER

(1)	his son repair	repaired by
(2)	my bag stolen	robbed of
(3)	him understand	
(4)	myself understood by	

POINT 文法の弱点③

remember/stop/forgetは to doかdoingかで意味を区別！

ANSWER

(1)	Ⓐ 私は忘れずに彼と校門で会わなくてはならない。
	Ⓑ 私は彼と校門で会ったことを覚えている。
(2)	Ⓐ 彼は先生と話すために立ち止まった。
	Ⓑ 彼は先生と話すのをやめた。
(3)	Ⓐ 私は宿題をやったことを忘れていた。
	Ⓑ 私は宿題をやるのを忘れていた。

POINT 文法の弱点④

for＋目的格＋to do、所有格＋doing！

ANSWER

(1)	for him to
(2)	opening
(3)	my opening

POINT 文法の弱点⑤

準動詞の否定は語順に注意！

ANSWER

(1)	Not knowing how to react
(2)	not being able to come to
(3)	had better not go

CHAPTER 3 文法(2) ―準動詞・後編―

カッコに入った動詞を、正しく活用させよ。活用の必要がない場合もある。
(1) I'm looking forward to (see) you at Singapore.
(2) I didn't intend to (harm) you by that.
(3) He objected to (invite) her to the party.
(4) The dog is used to (be) treated like a human.
(5) The dog always used to (bark) at our teacher.

同じ意味になるようにカッコを埋めよ。
(1) I think he was handsome when he was a human.
　→ I think him to (　　)(　　) handsome when he was a human.
(2) He is proud that he was handsome.
　→ He is proud of (　　)(　　) handsome.
(3) As she had stolen access to the main computer, she was able to open the door.
　→ (　　) stolen access to the main computer, she was able to open the door.

与えられた文を、分詞構文を用いて書き換えよ。
(1) As he is poor, he has to fry tissue paper.
(2) As it is hot, I'm going to the north.
(3) If we take his age into account, he looks very young.

次の文を、sheを主語に立て、不定詞を用いて書き換えよ。
(1) It seems that she is angry.
(2) It seems that she was angry.
(3) It seemed that she was angry.
(4) It seemed that she had been angry.

次の文を日本語に訳せ。
(1) There is no telling what may happen in the future.
(2) Our teacher was so kind as to make guidebooks for each of us.
(3) We couldn't help crying when he finally killed our teacher.

〈 答 案 用 紙 〉

MONSTER. 6	(1)	(2)	(3)
	(4)	(5)	

MONSTER. 7	(1)	(2)	(3)

MONSTER. 8	(1)
	(2)
	(3)

MONSTER. 9	(1)
	(2)
	(3)
	(4)

MONSTER. 10	(1)
	(2)
	(3)

75

前置詞のtoと不定詞のtoの区別

カッコの前がぜんぶtoじゃねーか。to doだから原形のままで良いんじゃねえの?

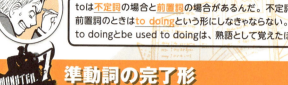

toは**不定詞**の場合と**前置詞**の場合があるんだ。不定詞は原形だけど、前置詞のときは<u>to doing</u>という形にしなきゃならない。look forward to doingとbe used to doingは、熟語として覚えたほうがいいね。

準動詞の完了形

どれも過去形に書き換えてるみてえだな。to doとかbeingとか、過去形にできんのか?

<u>準動詞で過去のことを言うときはhaveを使って完了形にする</u>のがセオリーさ(クイッ)。たとえばbe動詞なら、to beは<u>to have been</u>、beingは<u>having been</u>といった具合にね。いまイケメンならI think him to be handsome、昔イケメンだったならI think him to have been handsomeだ。

特殊な分詞構文

基本を確認しておこう。寺坂、分詞構文を使うとAs he is poor, という節はどうなる?

Asとheを消して、isをing形にすんだろ。Being poor, じゃねえの?

正解。分詞構文のキホンだね。ただし<u>主語が違ってもいける例</u>があって、これは(2)みたいに<u>主語のit</u>を残すんだ。(3)は<u>we</u>が無くても通じるから、weまで落としている例だね。これは<u>懸垂分詞構文</u>といって、ほとんどが慣用句だ。

<u>Judging from</u> . . . , とか<u>Frankly speaking,</u> ってやつか。見たことはあんな。

seemの書き換え

これも過去形が入ってきてhaveを使うやつか。ややこしすぎんだろ!

うん、ややこしいけど、この4パターンは確実に書き分けられるようにしておきたいね。seemのかわりに<u>appear</u>で問われることもある。

その他の注意事項

これは準動詞が絡んだ熟語問題と言っていいね。

(3)のcouldn't helpは「助けられなかった」じゃねえの!?

知らないと解けないだろうね。can't help doing、can't help but do、can't but do、の3種類あって、この順に使用頻度が下がる。(1)と(3)は「<u>不可能</u>」で訳せるかがポイントさ。

POINT

文法の弱点⑥
to+動詞のパターンは
to doかto doingか見極める！
P.131

ANSWER

(1)	seeing	(2)	harm
(3)	inviting	(4)	being
(5)	bark		

POINT

文法の弱点⑦
準動詞の過去表現は
haveを使って完了形に！

ANSWER

(1)	have been
(2)	having been
(3)	Having

POINT

文法の弱点⑧
主節と従属節の主語が違うときの
分詞構文は主語が残る！
P.126

ANSWER

(1)	Being poor, he has to fry tissue paper.
(2)	It being hot, I'm going to the north.
(3)	Taking his age into account, he looks very young.

POINT

文法の弱点⑨
seem構文の書き換えに慣れる！

ANSWER

(1)	She seems to be angry.
(2)	She seems to have been angry.
(3)	She seemed to be angry.
(4)	She seemed to have been angry.

POINT

文法の弱点⑩
準動詞を使った
熟語をおさえる！
P.129

ANSWER

(1)	将来は何が起こるかわからない。
(2)	先生は、われわれひとりひとりにガイドブックを作ってくれるくらい親切だった。 →先生は親切にも、われわれひとりひとりにガイドブックを作ってくれた。
(3)	彼がついに先生を殺したとき、われわれは泣かずにはいられなかった。

CHAPTER 3 文法(3) —助動詞—

与えられた日本語または英語と同じ意味になるように、語群から単語を選んでカッコを埋めよ。ただし文頭にくる単語も小文字にしてある。

(1) テストでカンニングをしてはいけません。
→ You (　　)(　　) cheat on the exam.
(2) We don't have to finish the homework today.
→ We (　　)(　　) finish the homework today.
(3) 彼はよく授業中に寝ていた。
→ He (　　) take a nap during class.
→ He (　　)(　　) take a nap during class.
(4) Do you want her to wait?
→ (　　) she wait?

語群
need, can, must, will, would, shall, should, used, not, not, to

カッコ内の語を並べ替えて正しい文にせよ。
(1) Our teacher (not, disobey, dare) his boss.
(2) You (not, finish, need) the job until tomorrow.
(3) You (not, had, go, better) to the cliff.
(4) You (not, to, ought, to, talk) us like that.

次の4文を訳せ。
(1) The man must have killed our teacher.
(2) The man may have killed our teacher.
(3) The man cannot have killed our teacher.
(4) The man should have killed our teacher.

Monster 12 と 14 は並べ替えたら各自で和訳もやっとけ！

カッコ内の語を並べ替えて正しい文にせよ。ただし文頭にくる単語も小文字にしてある。

(1) (well, might, throw, as, you) your money away as spend it on gambling.
(2) He broke the promise, so (well, angry, she, get, may) .
(3) (well, as, may, we, skip) the question—it's too difficult.
(4) (you, say, may, whatever) , I won't believe you.

次の2つの文において、(1)ではshouldが用いられているのに対して(2)では用いられていないのは何故か、文法的に説明せよ。

(1) It is natural that she should get angry.
(2) It is true that he also became a teacher.

〈 答 案 用 紙 〉

MONSTER.11	(1)	(2)
	(3)	(4)

MONSTER.12	
	(1)
	(2)
	(3)
	(4)

MONSTER.13	
	(1)
	(2)
	(3)
	(4)

MONSTER.14	
	(1)
	(2)
	(3)
	(4)

MONSTER.15	

助動詞の意味

canは「できる」、mustは「せねばならない」とかだけじゃねぇのか？

助動詞はどれもイレギュラーな意味があるから注意だ。とくにbe動詞とかnotと組み合わさったときに基本の意味からズレるぞ。基本助動詞は辞書を引いておけ。

wouldとuse toは過去の習慣って意味なのか。

いろいろな助動詞の否定

dare、need、oughtみたいなムズい助動詞は習ったぜ。

少しは成長してるな。基本助動詞の否定はcan notみたいに助動詞＋notの語順だけど、ここで問題になってる助動詞は、どれも否定形のときnotがどこに入るのか紛らわしいぞ。had better not、ought not to、とか唱えて覚えとくといい。

助動詞＋過去完了

ぜんぶhaveが入ってんな。過去の意味になるんじゃねぇの？

こんどは助動詞＋過去完了だな。これも基本の意味のまま訳したらミスるから、ちゃんと解答を見て覚えておけ。
あと、助動詞ってのは「〜したはずがない」みたいに、真偽よりも話し手の主観的な気持ちを表すものだってのも覚えといていいぞ。

注意すべきmayの用法

こんどはmayとmightか。asとかwellとか、ほとんど一緒だけど意味かわんのか？

ここは熟語問題だ。とくに(1)〜(3)は紛らわしい。助動詞の単元の中でいちばん厄介かもな。mayは必ず辞書を引いておけ。

話者の判断とshould

このshouldってやつ見たことあんぞ。「当然だ」みたいなときに出てくるやつだろ？

そうだ。吉田にしては鋭いな。助動詞は客観的な真偽より気持ちを表す、ってのがこの問題からもわかるだろ。suggestなんかでも出てくる仮定法現在ってやつだな。

shouldが落ちてshe doとかshe getとか原形になることもあるわよ！

Chapter 3 文法(3) ―助動詞―

POINT

文法の弱点⑪

助動詞は
イレギュラーな意味もチェック！

ANSWER

(1)	must not	(2)	need not
(3)	would, used to	(4)	Shall

POINT

文法の弱点⑫

ムズめの助動詞は否定の語順に注意！

P.247

ANSWER

(1)	dare not disobey
(2)	need not finish
(3)	had better not go
(4)	ought not to talk to

POINT

文法の弱点⑬

助動詞+have doneは
基本の意味からズレる！

ANSWER

(1)	その男はせんせーを殺したにちがいない。
(2)	その男はせんせーを殺したのかもしれない。
(3)	その男がせんせーを殺したはずがない。
(4)	その男はせんせーを殺すべきだった。 →殺せばよかったのに。

POINT

文法の弱点⑭

may/mightとasを使った熟語は
細かいニュアンスに注意！

P.132

ANSWER

(1)	You might as well throw（捨てるほうがマシ）
(2)	she may well get angry（怒るのも当然）
(3)	We may as well skip（とばしてもよい）
(4)	Whatever you may say

POINT

文法の弱点⑮

話者の判断が含まれるthat節には
shouldが現れる！

ANSWER

①は「～は自然なことだ」という話者の判断が含まれているため仮定法のshouldが用いられているが、②は「～は真実だ」という事実を述べているだけであるため。

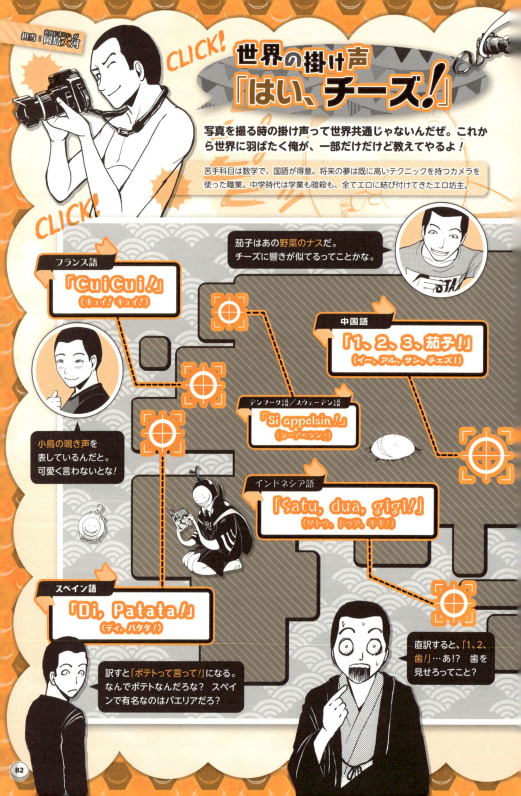

試験に役立つ!? みんなが考える&教える!! 超●実践的アドバイス!!! vol.2

神崎有希子
テスト中

急に出題傾向が変わる年もあるの。でも大丈夫。変わったことに驚いているのは他の受験生も同じだから、焦らずにね。

倉橋陽菜乃
テスト当日の朝

冬の試験会場は「寒い」可能性も、暖房とかのおかげで「暖かい」可能性もあるよ～。だからすぐに羽織ったり脱げる服を持って行こうね。

潮田渚
テスト中

試験中は平常心で心を乱さないことが大事だよ。そのためにも、全教科を受け終えるまで、自己採点するのは控えておこう。……悪い結果が出ると引きずっちゃうからね。

菅谷創介
テスト当日の朝

マークシートの場合は、削りたての鉛筆を使うんじゃなくて、マークしやすい"先の丸くなった鉛筆"を使うと便利だぜ。

杉野友人
テスト直前(休み時間含む)

休み時間、「簡単だった」なんて言って周りの受験者を惑わす奴がいるけど、フェアじゃないよな。正々堂々と臨めよー。

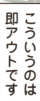

こういうのは即アウトです

第4章
文法 II

{Chapter 4. Grammar II}

第3章に続いて文法だね。
文法Ⅰをクリアしたなら大丈夫！
自信を持って挑んでいこう！

Korotan Novel
4. 誘惑の時間

4. 誘惑の時間

　映画の撮影では実際にカメラが回る時間はわずかで、ほとんどの時間は準備に費やされる。俳優達はセッティングが整うのを辛抱強く待ち、時には数秒で終わるショットを撮るために集中して演技しなければならない。
　すぐにでも再開するかもしれない撮影に備えて、茅野はトレーラーの外に出て脚本を読み直していた。
『ハルナ、俺のトレーラーで休むかい？』
　ジェロームに背後から声をかけられ、茅野は笑顔で答えた。
『ううん、大丈夫。涼しいトレーラーに戻ると感覚狂っちゃうから、外がいいんだ』
『ハルナは真面目だなぁ。もっとリラックスしなよ』
　ジェロームの手が茅野の肩に置かれた。製作発表の記者会見の時からジェロームはこの調子だ。体の向きを変えて手を払おうとするが、ジェロームはしつこくついてくる。
『仕事場で発展する恋ってのもあるんだよ。俺と君はお互いに惹かれ合う役を演じるんだから、プライベートでも惹かれ合った方が演技にリアリティが増すよ』
『演技のプロなら、経験ないことを演じられなきゃね。殺人者を演じるのに、人殺しを経験する必要はないでしょ？』
　茅野はジロッと睨んだ。
『今日、ハルナのためにホテルのルーフトップバーを貸し切りにしたんだ。撮影終わったら、二人で親睦を深めよう』
『無理。今日は友達と約束があるから』

ちょうど茅野の視線の先にいる、小道具の状態をチェックしていた矢田と神崎と目が合った。
「……その人、ずっとこんな感じなの？」
　矢田が日本語で聞くと、茅野が顔をしかめてうなずいた。
　ジェロームが振り返って、矢田と神崎をじろじろと見た。
『そうか、それなら友達と一緒にどう？　君の友達も可愛いもんね。歓迎するよ！』
　ジェロームの軽さに茅野は心底あきれた。
『ハルナ、もうすぐ出番だ』
　ちょうどその時、助監督に呼ばれて茅野はジェロームから離れた。するとジェロームは矢田と神崎のところにやってきた。
『やあ、かわい子ちゃん！　今日さ、撮影終わったらハルナとルーフトップバーに行くんだけど、彼女が君達も一緒にどうって言ってたよ。女の子なら大歓迎だよ』
　矢田と神崎は思わず顔を見合わせた。
「カエデちゃん嫌がってたし、ぜったいウソだよね」
　矢田は神崎の盾になるように前に進み出た。
『すっごく光栄なんですけど、今日はクラスのみんなで観光する約束なんです。ごめんなさい』
『ちぇっ、ジェローム様が誘うなんてもう二度とないかもしれないのになぁ』
　ジェロームはさっさとあきらめて、別の標的に向かっていった。薬品を運んでいる奥田を見つけて近づいていく。

　特殊効果に使う薬品類を運んでいる奥田は、目の前にいきなりジェロームが現れたのにびっくりして立ち止まった。
『やあ、君かわいいね。何してるの？』
『え、あの、その……』
　人見知りの気がある奥田にとって、ジェロームのように馴れ馴れしい男

は最も苦手なタイプだ。
『感激で言葉が出ないかな？　無理もない、ジェローム様が目の前にいるんだから』
　ジェロームがそっと奥田の肩を抱いた。奥田はびくっとして固まった。まるで呪文で縛られたかのようにすくんで動けない。口もパクパクするだけで言葉が出なかった。
『眼鏡外してごらん。きっともっと綺麗だ』
　ジェロームが奥田の顔に手を伸ばそうとしたとき、
『やあ、ジェローム！』
　いつのまにかジェロームの背後にカルマが立っていた。いつもの笑顔に不穏な空気が混じっているのに気付いた奥田は、呪縛が解けたかのように言葉が口をついた。
「だ、大丈夫です、カルマ君！」
　声を出すと足も意志のままに動いて、ジェロームの腕から離れることができた。
『なんか用か？』
　不穏な空気を察知したジェロームがカルマを睨みつけた。カルマはジェロームと背丈がほぼ同じで、向かい合っても体格的に引けを取らない。
『まあまあ肩の力抜こうよ。スター様の邪魔するつもりないからさぁ』
　カルマに馴れ馴れしく肩を叩かれたジェロームはその手を払った。
『ジェローム様の肩は安くないぜ？』
『あ、ごめーん、ナンパの仕方が安っぽいから肩も安いのかと思った。払う金ないから帰るね〜』
　カルマは背後にジェロームの視線を感じつつ、奥田をガードするように連れ去った。
「あっ、あの、どうもありがとう」
「いいから早く向こうに行こう。あいつ、もうすぐ臭ってくるから」
「えっ!?」

「奥田さんに作ってもらった、人に貼っておくと溶けてくるフィルムあったじゃん？　あれにドリアン練ったの仕込んだやつをジェロームの肩に貼っておいたから、ドリアン臭くなるよ」
　カルマは舌を出した。
　最初は世界的スターとして売り出し中のジェロームの一挙一動にキャアキャアと反応していたE組の女子達だったが、慣れてくるとその軽さが鼻につくようになった。
「ジェロームって、顔はかっこいいけどチャラいよね。ナル男だし、強引だし」
　矢田が呆れると、隣にきた岡野も同意した。
「ほんっとそうだよね。あのチャラさ、前原を思い出して腹立ってくる」
「俺、関係なくね!?」
　とばっちりを食らった前原が抗議した。
「だってさ、お寺の近くのお土産屋さんの女の子、ナンパしてたでしょ!?」
「あれは、ちょっと現地の言葉教えてもらうために話しこんでただけだろ」
「いったいどんな言葉教えてもらったのよ?」
「えっと、『君はかわいいね』とか、『今晩食事どう?』とか……」
　前原が現地の言葉をしゃべると、その本物っぽさにみんながどっと沸いた。
「それをナンパっていうの!」
　岡野の540度蹴りが前原の顔面にクリーンヒットした。

一方、ナンパがうまくいかなくてムシャクシャしているジェロームは、撮影に備えているスタントマンに目をつけた。そのスタントマンは無駄のない筋肉質な体を素早く回転させ、ハイキック、ローキック、回し蹴り、肘打ちなど多彩な攻撃を確かめるように繰り返して体を温めている。
『なあ、ラワン。ちょっとジェローム様と手合わせしてみないか？』
　映画の見どころの一つである格闘シーンでは、ジェロームの代役としてスタントマンのラワンが起用されていた。ジェロームは身体能力は高いものの、格闘技の訓練は受けていない。ナッツォーニが理想とするアクションシーンを作り上げるには、格闘技の技量があるスタントマンが必要だった。自分でもできると思っているジェロームはそれが不満だ。
　ラワンはジロリとジェロームを睨んだ。
『いやにドリアンくさいが、食ったのか？』
『食ってないよ。いいからちょっとパンチでもキックでも出してみてよ』
　ラワンの右ジャブが飛ぶ。ジェロームはウェービングでかわした。
『なーんだ、そんなもんか。もっと本気でやってみてよ』
　挑発されたラワンは、ハイキックを飛ばす。ジェロームの顔の3センチ手前でピタリと足が止まった。
『うおっ!?』
　ジェロームは情けない声を出して、冷や汗を流した。
『ちぇっ、マジになるなよ』
　負け惜しみを言いながらジェロームが引き下がるまでの顛末を、寺坂が目撃していた。
　――あのスタントマン、えらく腕が立ちやがるな……。

『おつかれさまー』
　一日の撮影が終わり、撮影隊が撤収を始めた。茅野がトレーラーに戻ろうとしていたその時、ジェロームがそばに寄ってきた。
『ハルナ、今日もいい演技だったね。日々冴え渡っていくようだよ』
『ありがとう、おかげさまで』
　ジェロームは茅野との距離を詰め、ささやくように話しかける。
『キスシーンの撮り直しはきっとうまくいくね』
　即座に茅野の顔が真っ赤に染まった。ジェロームはそれを自分に対する照れだと思い、ほくそ笑んだ。
　そこへもう一人の男が会話に割って入ってきた。
『ジェローム、ハルナ！　今日は二人ともよかったぞ。いっしょに食事行こうか！』
　ナッツォーニはスタッフ大量離脱という危機をひとまず切り抜け、もう酒が入っているかのようなハイテンションだ。
『監督、すみません。今日は同級生達と約束があるんです』
『学生の時の友達は大切にしなきゃな！　ジェローム、今日は二人でじっくり飲むか！』
『そのー、ちょっと予約が入ってるもんで……』
『ジェロームはルーフトップバー貸し切ったって言ってましたよ』
　茅野が教えてあげると、ナッツォーニは目をむいた。
『ひとりで飲むなんてずるいぞ。俺も混ぜろよ！』
　ナッツォーニは陽気に笑いながらジェロームの肩を抱いて、無理やり引きずっていった。
『いってらっしゃーい』
　茅野が二人の背中に手を振っていると、後ろから「おつかれー」と声がかかった。
　振り向くと、E組がそろっていた。

「みんな、おつかれー!」
　先ほどまで硬かった茅野の顔が一気に明るくなった。
　寺院の近くに車道の幅が広くなっているところがあり、バイクの後ろに客の乗る台車をつけた乗り物、トゥクトゥクが観光客を待ち構えてたまっていた。
「あれ、乗ってみたかったんだ!」
　茅野がはしゃいだ。先回りしていた寺坂が運転手達に話をつけていて、E組全員を乗せるトゥクトゥクを確保し終わっていた。
「寺坂すごい、英語進歩したんだね!」
　感心している茅野に向かって、運転手の一人が手招きした。
「ミナサン、ノッタノッタ!」
　見事な日本語にみんな笑った。
「なーんだ」
「なんだとはなんだコラ!　日本語だっていいだろ、ちゃんと手配してやったんだからよ!」
「はいはい、ありがと」
　茅野は笑って寺坂の抗議を受け流し、トゥクトゥクの日焼けした座席に座った。続いて、奥田、渚とカルマが乗り込んだ。熱帯特有の赤い土の路(みち)をトゥクトゥクが走る。昼間とはまったく違う涼しい風がトゥクトゥクの客席を吹き抜け、茅野の一日の疲れを癒した。
「風が気持ちいいなぁ」
　今までホテルと撮影現場の往復ばかりだった茅野が初めて感じる、現地の空気だ。熱帯の夜の風を受ける茅野の横顔を向かいに座っている渚が見つめた。しばらくみんな静かに風景を眺めていたが、カルマが口を開いた。
「茅野ちゃん、苦労するよねー」
「えっ?」
「ジェロームのあの女癖、かなりタチ悪いよね。ああいうのと共演してると演技に支障出るんじゃない?」

茅野は苦笑いした。
「どーなんだろ……私自身は自分の演技に集中できてるとは思うんだけど」
「渚も心配だよね？　茅野ちゃんのこと」
　急に振られた渚は、きょとんとして答えた。
「ん？　僕は心配無用だと思ってるよ」
「そーなの？」
「茅野がこの世界でどれだけ努力してきたか、僕も聞いてよく知ってる。大丈夫、あんなちょっかいで演技が鈍るほど茅野の刃は脆くないよ」
　渚は自慢の同級生を、自信を持って激励した。それを聞いて嬉しい反面、ちょっと残念そうな表情をしている茅野の横顔をチラリと見たカルマは、座席にもたれかかって上を仰いだ。

　──そーゆー事じゃないんだけどなぁ……ほんと、にっぶいなあ。

E組は中心街に戻ると、市内を流れる河の遊覧船に乗りこんだ。
「せっかくだから、観光もしようよ。よさそうなの、見つけておいたんだ」
　前日、すっかり下調べをしていた原が自信ありげに言った。
　船の中はレストランになっていて、河岸の風景を眺めながら食事ができた。大木の枝に着生してたくさんの根を伸ばすガジュマルの木が密に生えている熱帯特有の風景が広がる。河の水面には浮草があちこちで揺れている。岸辺にあるレストランのテラスはカラフルな照明で彩られている。船はその中をゆったりと移動していった。
　料理がテーブルに運ばれると、色彩の豊かな料理の数々にみんなテンションが上がった。
「わぁ、パクチーすっごい入ってる！」
「すっげえ、エビだらけだぜ！」
「普久間島の船を思い出すな」
「あの時は暗殺の準備で料理なんか楽しむ余裕なかったからなぁ。今日は思う存分楽しもうぜ」
　村松と吉田が料理にがっついた。
　原も地元の料理に舌鼓を打ちながら、
「美味しいわぁ。日本で食べるエスニック料理とぜんぜん味付けが違うよ。何もかも味が鮮やかで、使ったことのないスパイスもあって、参考になるわ」
　と材料を想像しては感心している。
　乗客が食事を楽しんでいる途中、船尾の側に設けられている舞台でショーが始まった。激しいリズムの音楽とともに、セクシーなお姉さんがビキニ姿で踊りながら入ってくる。腰を激しく振る情熱的なダンスにヒューッと前原が口笛を鳴らした。
「うおっ、これは見逃せないぜ！」
　岡島がすっと席を立つと、最前列のかぶりつきで、ダンサーを激写し始めた。

セクシーなダンサーが舞台の脇に飾ってあった松明をつかんで顔に寄せたかと思うと、ゴーッといきなり火を噴いた。岡島が度肝を抜かれて尻もちをついた。
「あっちぃぃ、マジか！」
　思いもよらなかったワイルドな火吹きパフォーマンスに船内の客は大喜びで拍手する。E組達もダンサーに拍手喝采を送った。
「すっごい楽しい！」
　茅野は渚に満面の笑顔を見せた。
「よかった。疲れてるところ、無理やり引っ張ってきちゃったかと思った」
「ううん、卒業旅行だもん。ほんとは私も観光したかったんだ」
　渚はその言葉を聞いてほっとした笑顔を見せた。
　派手なパフォーマンスが終わると、今度はムードのある曲の生演奏が始まった。客達が立ち上がってダンスを始めた。カップルで来ていた客、この船の中で相手を見つけた者同士が向かい合ってゆったりと踊っている。老夫婦が手を取り合って音楽に身を任せているのを茅野がほほえみながら見つめていた。
「……いいなあ」
　前原が立ち上がった。
「なあ、踊ろうぜ」
　岡野を引っ張り出そうとするが、抵抗された。
「やだよ、踊るなんてやったことないもん」
「なんだよ。運動あれだけできるんだから、ダンスなんてチョロいだろ？教えてやるからさ」
「……うん」
　岡野はうなずくと、照れながら前原の動きに合わせて手足を動かした。
「ほら、やっぱできるじゃん」
　前原が手本を見せながら踊った。
「ヒューヒュー！　熱いねぇ、お二人さん」

村松がからかうと、岡野はさらに照れて無言になる。
　渚は感心しながら踊る二人を眺めていた。
「さすが前原君。モテるスキル、さらに磨きがかかってるよね」
「ほら、みんなも踊ろうぜ。適当に体揺らしてりゃ、なんとなくさまになるからさ」
　前原は座って眺めているE組を煽（あお）った。海外の高揚感も手伝って、皆ノリよく席を立って参加していく。
「踊ってみよっか、渚」
　茅野は渚を軽い口調で誘ったが、内心はドキドキだった。
「え……うん、いいよ」
　立ち上がった渚は、周囲に合わせて見よう見まねで体を動かす。茅野は渚に合わせて体を揺らしながら、言いようのない幸福感に包まれた。

文法(4) ―関係詞―

次のカッコに適切な関係詞を入れよ。
(1) I know the man (　　) is walking on the street.
(2) I think I saw the man again (　　) we met yesterday.
(3) I think I saw the man about (　　) you were talking yesterday.
(4) He was awarded a fellowship, (　　) made his parents happy.
(5) This is the house (　　) our teacher lives.
(6) This is the house in (　　) our teacher lives.

次のカッコに適切な関係詞を入れよ。
(1) This is exactly (　　) I need.
(2) This is (　　) he solved the problem.
(3) There is no one (　　) commits errors.（間違わない人はいない）
(4) I have the same old cell phone (　　) your father uses.
(5) She is the smartest student (　　) I know.
(6) He is late, (　　) is often the case with him.

与えられた単語を用いつつ、同じ意味になるように書き換えよ。
(1) You may invite anyone who wants to come.
　　→ whoeverを用いて
(2) Whatever happens, I will stand by you.
　　→ whatを用いて

次の2文を訳し分け、違いを説明せよ。
(1) There were few passengers who were injured.
(2) There were few passengers, who were injured.

次の文を訳せ。
(1) He bought a smartphone with what money he had left.
(2) Knowledge is to the mind what food is to the body.
(3) She is smart and what is better, very beautiful.

 〈 答 案 用 紙 〉

MONSTER.1	(1)	(2)
	(3)	(4)
	(5)	(6)

MONSTER.2	(1)	(2)
	(3)	(4)
	(5)	(6)

| MONSTER.3 | (1) |
| | (2) |

| MONSTER.4 | (1) |
| | (2) |

MONSTER.5	(1)
	(2)
	(3)

関係詞の基本

同じmanにかかるのに、(1)と(2)(3)では関係詞が変わるんですか…？

(1)では関係詞が<u>主語</u>、(2)(3)では<u>目的語</u>の役割を果たしているという違いがある。heとhimの違いがwhoとwhomに対応しているようなものだ。

(6)は<u>関係副詞</u>というやつですよね。

そう、whereと前置詞+whichの書き換えは基本だね。このあたりは『殺たんC』の僕の解説を復習しておいてほしい。

いろいろな関係詞

モノのwhatや方法のhowは習いましたけど、asとかbutも関係詞なんですか？

(3)〜(5)は<u>先行詞の前</u>に注目だ。すこし面倒なところだが、以下のルールを覚えてほしい。
<u>as</u>：先行詞が<u>same</u>, <u>as</u>, <u>such</u>で限定されているとき
<u>but</u>：先行詞に<u>否定辞</u>がついているとき
<u>that</u>：先行詞が<u>最上級</u>などで強く限定されているとき

複合関係代名詞と接続詞

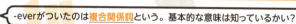

-everがついたのは<u>複合関係詞</u>という。基本的な意味は知っているかい？

たとえばwhoeverで「誰でも〜できる」みたいな感じですよね？

(1)はその意味だね。(2)はもう1つの用法で、「何が起ころうとも、」という<u>譲歩</u>の意味になっているから注意だ。

制限用法（限定用法）と非制限用法

<u>カンマがあると非制限用法</u>、というのは習ったんですけど……。

限定用法が名詞を文字通り「限定」するように修飾するのに対して、非制限用法では、<u>カンマのあとに単に情報が付け足されているような感覚</u>だと考えるといい。(2)を訳してみると、「乗客は少なかったのだが、彼らは(みんな)怪我をした」という感じだね。

whatの用法

whatは特殊な用法がいくつかあるから個別に覚えなくてはならない。とくに(1)は金が「<u>少ない</u>」というニュアンスが伴うのがポイントだ。

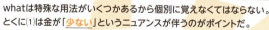
(2)は<u>A is to B what C is to D</u>っていう変な構文ですよね。長いんで覚えました。

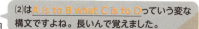
そう。(3)は<u>what is 比較級</u>という慣用句で、これも頻出だ。

Chapter 4 文法(4) ―関係詞―

POINT

文法の弱点⑯
基本の関係詞は完璧に!

P.182

ANSWER

(1)	who	(2)	whom
(3)	whom	(4)	which
(5)	where	(6)	which

POINT

文法の弱点⑰
先行詞にno, same, 最上級などがついたら関係詞に注意!

what = the thing which!

P.185

ANSWER

(1)	what	(2)	how
(3)	but	(4)	as
(5)	that	(6)	which

POINT

文法の弱点⑱
複合関係詞の2用法を見極める!

P.188

ANSWER

(1) You may invite whoever wants to come.
(2) What may happen, I will stand by you.

POINT

文法の弱点⑲
非制限用法は「付け足し」のニュアンス!

P.184

ANSWER

(1) 怪我をした乗客は少ししかいなかった。
(2) 少ししかいなかった乗客は怪我をした。

(1)は制限用法、(2)は非制限用法。(1)は怪我をしなかった多くの乗客が他にいたことを含意し、(2)は乗客が少なかったが、その全員が怪我をしたことを示す。

POINT

文法の弱点⑳
A is to B what C is to D構文はこのまま覚える!

what (little) moneyは「なけなしの金」!

P.191

ANSWER

(1) 彼はなけなしの金をはたいてスマホを買った。
(2) 精神にとっての知識とは、身体にとっての食べ物のようなものだ。
(3) 彼女は賢いし、さらに良いことに、とても美しい。

101

文法(5) ―時制と仮定法―

与えられた選択肢の中から正しいものを選べ。
(1) She (① is reading ② has read ③ has been reading ④ reads) a book every day.
(2) We (① went ② have gone ③ had gone) for a swim last night.
(3) Two years (① pass ② passed ③ have passed ④ had passed) since our teacher came to our class.
(4) Our teacher (① came ② has come ③ had come) to our class two years ago.

次の二つの文をそれぞれ与えられた出だしに続いて、正しい文を作れ。
(1) 明日、雨が降るかどうかはわからない。
→ I don't know if . . .
(2) 明日、雨が降ったら家にいます。
→ I'll stay at home if . . .

次の文を、与えられた語句を用いつつ訳しわけよ。与えられた語句は必要に応じて活用させてよい。
(1) Ⓐ 彼には成功してほしい。(hopeとsucceedを用いて)
Ⓑ 彼には成功してほしかった。(wishとsucceedを用いて)
(2) Ⓐ 具合が悪くなければ、彼女はここに来るだろう。(ifとillを用いて)
Ⓑ 具合が悪くなければ、彼女はここに来ていただろうに。(ifとillを用いて)

与えられた日本語の意味になるようにカッコを埋めよ。
(1) 議会は、先生は可能な限り早く殺されるべきだと主張した。
→ The committee insisted that the teacher (　　) killed as soon as possible.
(2) 国王万歳！
→ Long (　　) the King!
(3) 成功を祈ります。
→ May you (　　).

与えられた日本語の意味になるように、カッコを埋めよ。

(1) あのオバチャンはいつも俺が赤ん坊であるかのように喋る。
　　→ The lady is always talking to me (　　)(　　) I (　　) a baby.

(2) もう寝る時間だよ。
　　→ It is (　　) you (　　) to bed.

(3) あの参考書は、いわば、この参考書のパクリだ。
　　→ That reference book is, (　　)(　　)(　　), an imitation of this one.

(4) 君の助けがなかったら、死んでしまうかもしれない。
　　→ If (　　)(　　)(　　) your help, I might die.

(5) もし僕が君の立場なら、迷わずアメリカへ行ってしまうだろう。
　　→ (　　)(　　) you, I would go to America without a moment's hesitation.

〈 答 案 用 紙 〉

MONSTER. 6	(1)	(2)	(3)	(4)

MONSTER. 7	(1)			
	(2)			

MONSTER. 8	(1)	Ⓐ		
		Ⓑ		
	(2)	Ⓐ		
		Ⓑ		

MONSTER. 9	(1)	(2)	(3)

MONSTER. 10	(1)		(2)	
	(3)	(4)	(5)	

MONSTER.6 正しい時制の決定

時制って現在形と過去形はわかりやすいですけど、完了形が難しいです……。

現在形もけっこう面倒だよ。時制の選択は、時の副詞に注目するのが基本。わかりやすいのは(3)のsinceだね。「〜から〜まで」みたいに幅があるときは完了形。逆に(2)と(4)は幅がないから完了形は使えない。

(1)の「毎日」というのは幅じゃないんですか？

こういう「常に」みたいな普遍的なニュアンスのときは現在形にする。現在形も面倒でしょ？

MONSTER.7 時や条件の副詞節

これはどちらも未来なのに、(2)はwillを使わないんですか？

これはif節が名詞節か副詞節かによって判断するんだよね。(1)のif節はknowの目的語の名詞節になってて、(2)は副詞節になってるでしょ？名詞節は日本語と同じノリで時制決めれば大体OKなんだけど、「もし〜なら…する」っていう条件の副詞節の場合は未来のことでも現在形にするっていうルールがあるよ。これ超頻出ね。

MONSTER.8 仮定法か直接法か

現実に反する願望のときは仮定法、ですよね。

そ。反実仮想ってやつね。Bはどっちも実現しなかったことでしょ？あと(1)は仮定法過去、(2)は仮定法過去完了を使うことに注意できれば楽勝だね。その辺のキホンも『殺たんC』で解説してるよー。

MONSTER.9 仮定法現在

insistやsuggestにつづくthat節ではshould doか原形にするんですよね。

そういうのを文法用語では仮定法現在って言うんだよね。これは仮定法の中でも一番わかりにくいとこかも。(2)と(3)みたいなのは祈願文って呼ばれてて、動詞は原形にするっていう決まりがある。(1)も話者が「当然〜すべきだ」って感じの判断をしてる文じゃん？仮定法現在はそういう時に出てくるんだけど、まずはこの3つの例を覚えておくだけで良いと思うよ。

MONSTER.10 慣用表現

ここは仮定法をつかった雑多なフレーズを集めた感じだね。

as ifやas it wereは授業でやりました。(2)も仮定法なんですね。

この辺はお決まりのやつで、意外に会話でも使われるから覚えといて損はないと思う。If it were not forは過去完了になるとIf it had not been forってめんどい形になるから唱えて覚えるといいよ。あと(5)は倒置だから難しいんだけど、基本的にはifが消えて動詞が前に出てくるっていうルールだね。

Chapter 4 文法(5) ―時制と仮定法―

POINT 文法の弱点㉑
時制の決定は時の副詞に注目！
P.154

ANSWER
- (1) 4
- (2) 1
- (3) 3
- (4) 1

POINT 文法の弱点㉒
条件の副詞節は未来のことでも現在形にする！
P.160

ANSWER
- (1) I don't know if it will rain (or not) tomorrow.
- (2) I'll stay at home if it rains tomorrow.

POINT 文法の弱点㉓
願望が反実仮想のときは仮定法！
P.156

ANSWER
- (1) Ⓐ I hope he succeeds.
  Ⓑ I wish he had succeeded.
- (2) Ⓐ If she is not ill, she will come here.
  Ⓑ If she were not ill, she would come here.

POINT 文法の弱点㉔
仮定法現在はまず例文で慣れておく！
P.034

ANSWER
- (1) be
- (2) live
- (3) succeed

POINT 文法の弱点㉕
仮定法を使った慣用句は唱えて覚える！
P.161

ANSWER
- (1) as if, were
- (2) time, went
- (3) as it were
- (4) it were not for
- (5) Were I

文法(6) ―比較❶―

次の表を埋めよ。

原級	比較級	最上級
good	(1)	(2)
(3)	better	(4)
bad	(5)	(6)
(7)	(8)	worst
many	(9)	(10)
little	(11)	(12)
interesting	(13)	(14)
(15)	latter	(16)
(17)	(18)	latest
(19)	farther	(20)
(21)	further	(22)

次の文をそれぞれ訳し分けよ。
(1) Ⓐ He has no more than one million yen.
　　Ⓑ He has not more than one million yen.
(2) Ⓐ He has no less than one million yen.
　　Ⓑ He has not less than one million yen.

与えられた日本語の意味になるように、カッコ内の語句を並べ替えよ。ただし使わない語が含まれていることがある。
(1) 2人のうち、彼のほうが背が高い。
　　→ He is (taller, two, the, the, of, than) .
(2) せんせーは教室で教えているときが一番幸せだ。
　　→ Our teacher is (happy, happiest, the, most) when he is teaching at class.
(3) 彼女はうちのクラスで2番目に頭がよい。
　　→ She is (second, smart, smarter, smartest, than, the) in our class.
(4) 勉強すればするほど、勉強は楽しくなる。
　　→ (the, the, the, more, more, study, we, our study, interesting, becomes) .
(5) 欠点はあるけれども彼のことが好きだ。
　　→ I love him (the, none, less, for, rather) his faults.
(6) 欠点ゆえにいっそう彼のことが好きだ。
　　→ I love him (the, all, more, for, no) his faults.

次の最上級を用いた文を、与えられた条件を満たしつつ書き換えよ。
She is the heaviest of all the girls in our class.
(1) 比較級を用いて
(2) 原級を用いて
(3) 文をNoではじめて

〈 答 案 用 紙 〉

MONSTER. 11	左の表を埋めよ。

MONSTER. 12	(1) Ⓐ
	Ⓑ
	(2) Ⓐ
	Ⓑ

MONSTER. 13	(1)
	(2)
	(3)
	(4)
	(5)
	(6)

MONSTER. 14	(1)
	(2)
	(3)

MONSTER.11 不規則変化

比較級と最上級は-erと-estをつけるか、長いときにはmoreとthe mostをつけるのが基本だ！
右の表には不規則に活用するやつをまとめてあるから丸暗記しとけ！

これも覚えれねぇやつは……

E組行き!?

MONSTER.12 no/not + more/less thanの訳しわけ

これは『殺たんC』でみっちり解説したから、知らねぇやつは今すぐ買っとけ！ no/notとmoreが組み合わさったら<u>否定</u>、no/notとlessだと<u>肯定</u>で訳すのが基本。マイナス×プラス＝マイナス、マイナス×マイナス＝プラスって覚えろ！

notは「多くて〜」「少なくて〜」だから所持金額はわからないけど、<u>noのときはプラスでもマイナスでも持ってるのは100万円ちょうど</u>だよ。

MONSTER.13 比較における注意すべきthe

<u>最上級以外でtheが出てくる</u>パターン！ ずっと俺のターン！ (3)はほとんど最上級と一緒だな。(1)みたいに<u>「〜のうち」が出てきたら比較級でもthe</u>をつけろ！ (2)は逆に最上級っぽいのにtheを使わないやつだ。他者との比較じゃなく<u>同一人物内の比較で補語になるときはtheがつかない</u>って覚えとけ！ (4)から(6)は熟語みたいなもんだから丸暗記だ！

MONSTER.14 最上級の言い換え

<u>最上級表現を比較級・原級で書き換える</u>のは基本中の基本中の基本！ これが一瞬で解けるかどうかでE組かどうかわかる！ ヒャーハハハ！

<u>anyやotherが出てくる</u>のがポイントだよ。最上級の「いちばん〜だ」っていう表現を、比較級・原級で「ほかの誰よりも〜だ」って言い換えるんだね！

Chapter 4 文法(6) ―比較❶―

POINT ANSWER

P.199
P.206

原級		比較級		最上級	
	good	(1)	better	(2)	best
(3)	well		better	(4)	best
	bad	(5)	worse	(6)	worst
(7)	ill	(8)	worse		worst
	many	(9)	more	(10)	most
	little	(11)	less	(12)	least
	interesting	(13)	more interesting	(14)	most interesting
(15)	late		latter	(16)	last
(17)	late	(18)	later		latest
(19)	far		farther	(20)	farthest
(21)	far		further	(22)	furthest

POINT ANSWER

文法の弱点㉖
否定とmore/lessの組み合わせは掛け算と一緒！

P.205

(1) Ⓐ 彼は100万円しか持っていない。
Ⓑ 彼は（多くとも）100万円は持っていない。

(2) Ⓐ 彼は100万円も持っている。
Ⓑ 彼は（少なくとも）100万円は持っている。

POINT ANSWER

P.204

文法の弱点㉗
最上級じゃないtheに注意！

(1) the taller of the two
(2) happiest
(3) the second smartest
(4) The more we study, the more interesting our study becomes.
(5) none the less for | (6) all the more for

POINT ANSWER

P.202

文法の弱点㉘
最上級表現の書き換えはanyやotherが決め手！

(1) She is heavier than any other girl in our class.
(2) She is as heavy as any other girl in our class.
(3) No other girl in our class is heavier than she.
または No other girl in our class is as heavy as she.

ラーメン屋で使える会話集
conversation in ramen shop

海外でも人気料理のひとつ、ラーメン。これからは英語で注文とれないと話になんねーだろ。だから俺が教えてやるよ！

担当：村松拓哉

寺坂組男子の中では最も成績が良い。文化祭では、趣味の料理を活かしてどんぐりつけ麺屋の厨房を切り盛りした。将来の夢は、家業のラーメン屋を継ぐこと。

来店 注文編

いらっしゃいませ。何名様ですか？ — Welcome. How many persons?

一人だよ。 — Just me.

カウンター席へどうぞ。ご注文は？ — Please take a seat at the counter. What's your order?

味噌ラーメン、野菜マシマシ脂多めで。 — Miso-ramen, with extra-extra veggies and plenty of grease.

お客さん、通ですね。かしこまりました。 — You know your ramen. Right away sir.

● この例文をマスターすれば、ラーメン通（殺神秀幸のよう）になれること間違い無し！

客編

つけ麺であつもりを頼むやつは素人。つけ麺はやっぱり麺そのものの味が大事だよ。	You are still an amateur if you order hot noodles for tsukemen. The important aspect of tsukemen is the taste of the noodles itself.
僕はスープ派だけど、このラーメンはどういう順番で食べるのが店主的にはベスト？	I'm rather a soup fan, but what order do you recommend to eat this ramen?
カエシの素材には何を使ってるのかな？スープはカエシこそ命だと僕は考えるね。	What ingredients do you use for the kaeshi? I believe that the kaeshi is the life and soul of the soup.
手打ちじゃないの？じゃあ製麺所はどこ？ああやっぱりあそこのか。	The noodles aren't hand knead? Then which noodle factory do you buy them from? Ah, right that one, I thought so.
こってり系スープには太麺があうんだよ、知ってた？	Thick noodles go well with rich soup, did you know that?
レンゲでミニラーメン作るやついるよね〜。あれどう思う？	You know those guys who make mini-ramen inside the ramen spoon? What do you think about that?
魚介の味が凝縮された淡麗スープが、具材の風味を引き立てて洗練された芳醇かつ素朴な味を醸し出してるよね。	The clear soup with the condensed seafood flavor really brings out the taste of the ingredients, making a sophisticated yet simple delicacy.

おしながき：menu

- 味噌ラーメン：miso soup ramen
- とんこつラーメン：pork bone broth ramen
- 醤油ラーメン：soy-sauce soup ramen
- とんこつ醤油ラーメン：soy-sauce flavored pork bone broth ramen
- タンメン：Chinese-style stir-fried vegetable ramen
- チャーシュー麺：roast pork ramen
- ネギラーメン：green onion ramen
- ネギ味噌ラーメン：green onion miso soup ramen
- サンマーメン：stir-fried vegetable stew ramen
- あぶらそば：soupless ramen
- じゃがバタコーンラーメン：potato with butter and corn ramen
- 五因ラーメン：five ingredient ramen
- サラダラーメン：salad ramen
- 激辛ラーメン：super hot ramen
- 担々麺：spicy sesame paste noodle
- 天津麺：Chinese omelette ramen
- 魚介系ラーメン：seafood ramen
- つけ麺：noodles with soup
- 冷やし中華：cold noodles with vegetables
- 冷麺：cold noodles
- チャーハン：Chinese fried rice
- 餃子：fried pork and vegetable dumplings
- メンマ：flavoured bamboo shoots

● スターの人気にあやかるための例文！ これでウチも有名店に！

客が有名人編

お客さん、どこかで見たことあるような……テレビにでてたことありませんか？
Have I seen you before...? Have you ever been on television before?

もしかしてキ●ヌ・リーブスさんですか？
Are you by any chance Ke●nu Reeves?

あなたが出てる映画、全部見てます！
I've seen all the movies you've been in!

SNSで来店をアピールしてもいいですか？
Can I post this on social media?

TVでうちの宣伝をしてください。
Please advertise our ramen joint on TV.

「SNS：Social Networking Service」で、英会話ではSocial Mediaを使うことが多いよ～。

よし これでいつスターが来店しても大丈夫だろ!?

妄想だったのかよ!?

担当：倉橋陽菜乃

動物の集合名詞

英語では、同じ種類の生物が集まると固有の単語を使って表現するんだよ。アリの場合は an army of ants。その生物の特徴を表してる感じかな。そういうのを紹介しまーす！

生物を扱う理科が最も得意科目。それを活かして農業大学に進学予定で、生き物と触れ合う職業を目標にしている。天真爛漫な性格でE組一の元気娘。

動物＜複数形＞	集合名詞
ants（アリ）	army（軍）
	swarm（群れ）
apes（類人猿）	troop（部隊）
bears（クマ）	sloth（怠惰）
bees（ハチ）	swarm（群れ）
	drift（漂流する）
birds（鳥）	flock（群れ）
	flight（飛行）
	pod（小さな群れ）
butterflies（蝶）	swarm（群れ）
	kaleidoscope（万華鏡）
cats（ネコ）	clowder（ネコの群れ）
chickens（ニワトリ）	clutch（ひとかえりのひな）
crocodiles（クロコダイル）	bask（日向ぼっこする）
dolphins（イルカ）	pod（小さな群れ）
eagles（ワシ）	convocation（議会）
fish（魚）	school（学校）
	shoal（魚群）
frogs（カエル）	army（軍）

動物＜複数形＞	集合名詞
giraffes（キリン）	herd（動物の群れ）
	tower（塔）
gorillas（ゴリラ）	band（獣の群れ）
hippopotamuses（カバ）	bloat（膨れたもの）
mosquitoes（蚊）	scourge（災難）
nightingales（ナイチンゲール）※和名：サヨナキドリ	watch（見張り）
snakes（ヘビ）	bed（ベッド）
	den（ねぐら）
	knot（結び目）
	nest（巣）
	pit（穴）
swallows（ツバメ）	flight（飛行）
	gulp（一飲み）
tigers（トラ）	ambush（待ち伏せ）
	streak（縞）
zebras（シマウマ）	herd（動物の群れ）
	cohort（群れ）
	dazzle（眩惑させる）
	zeal（熱意）

赤羽業 Presents ゾクゾクさせてくれる集合名詞

群れる気ゼロの強めワードだね

動物	集合名詞
wild cats（ヤマネコ）	destruction（破壊）
monkeys（サル）	tribe（種族）
parrots（オウム）	pandemonium（伏魔殿）

動物	集合名詞
ravens（カラス）	unkindness（不親切）
rhinoceroses（サイ）	crash（衝突）
storks（コウノトリ）	phalanx（方陣）

第5章
文法Ⅲ

{Chapter 5. Grammar Ⅲ}

文法もラストだね。
すこし難しくなるから、『殺たんＣ』を参照しながら
着実に殺っていこう。

Korotan Novel
5. 泥棒の時間

| 5. | 泥 | 棒 | の | 時 | 間 |

　翌日、朝早くから寺坂が照明機材を運び終えて一息ついていると、ものものしい雰囲気を醸し出している人達が現れた。一人がジュラルミンケースを持っていて、もう一人が周囲に視線を配っている。さらにその後ろからは、鮮やかなオレンジ色の僧衣を着た僧侶がついてくる。
「なんだありゃ？　金塊でも運んでるのかよ」

　ナッツォーニは、その三人が来るのをソワソワしながら待っていた。
『ついに来たか。ぜひ姿を拝ませてくれ』
　スタッフも続々と集まってくる。
　一人がジュラルミンケースをテーブルの上に置き、慎重に蓋を開けた。中からミイラのように白い布でくるまれたものが現れた。僧侶がその包みをゆっくりと解いていく。出てきたのは、鈍く光った黄金の仏像だ。
『おお……!』
　ナッツォーニは思わず手を合わせて拝んだ。それは、今回の撮影のためナッツォーニが無理を言って借り出した、国の文化財指定を受けている黄金の仏像だった。スタッフ達から思わずため息が漏れるほどその仏像の輝きは高貴で、茅野も手を合わせた。
『この仏像は数百年にわたって、ある村で拝まれていた貴重なものだ。美術品としても国宝級の高い価値がある。ぜひこの仏像の重みを感じて、演技にも撮影にも厚みを出してほしいと願っている』
　もう一度拝むと、ナッツォーニは眼を輝かせた。

『ようし、この仏像のパワーをもらって、撮影を成功させるぞ！ ジェロームもこの仏像の前なら、迫真の演技ができるだろ？』
『本物だろうがニセモノだろうが、完璧に芝居できるに決まってる。まあジェローム様の演技を見ててくれよ』
『まったく、その自信には恐れ入るよ。ビッグマウスに見合う演技力があればいいんだけどな』
　ナッツォーニが冗談半分でからかうと、ジェロームは表情を一変させた。
『なんだって？ ジェローム様を怒らせるとどうなるかわかってる？』
　銃を取り出してナッツォーニに向けた。
『な、なにをするんだ！ やめろ！』
　銃声が派手に鳴る。ナッツォーニは思わず身をこわばらせたが、薬莢が飛んで硝煙が昇ったほかは何も起きなかった。
『引っかかったぁ！ モデルガンに決まってるじゃん。どうだい、迫真の演技だったろ？』
『こ、こら！ 小道具で遊ぶな!! 本当にしょうがない奴だ』
　かつがれたナッツォーニは顔を真っ赤にしてジェロームを叱った。
　――ほんとに困った人だなぁ……。
　ジェロームのやんちゃぶりに、茅野は頭が痛くなった。

「このシーン、小説だと廃墟の中がダンジョンになっているのだけれど、このセットだとそこまで作りこんではいなさそうね」
　狭間が三村に尋ねた。
「うん。ダンジョンシーンはスタジオで撮るって言ってた」
「いまはCGも当たり前になってるし、レプリカも作れるんだし、本物の仏像なんて使ったら役者もスタッフも気後れして、まともに扱えないんじゃないかしら？」
「本物を使うことにこだわる監督は沢山いるよ。本物の機関車や銀食器を

そろえたために予算を何十億円もオーバーしちゃった『天国の門』とか、400年前の国宝級の茶器を実際に使用する事でリアリティと緊張感を演出した『利休にたずねよ』とか」
「そういえば、ホラー映画も本物の呪いを呼び寄せることあるって聞いたわ。撮影中にポルターガイスト現象が起きたり、出演者が死んでしまったり。今回も何か忌まわしいことが起こるかもしれないわよ」
「狭間が言うとシャレにならないって」
　　三村は背中に寒気を覚えた。

『いいかい、このシーンでは、リンの父親が残した手がかりを読み解いたジェロームとリンが廃墟と化した寺院にたどりつく。寺の中にあった岩の扉を開けると、そこに仏像が隠されている。二人の苦労が報われるシーンだから、変なセリフを足さずに感情豊かに演じてくれ』
　　ナッツォーニが二人に念を押した。
『本番！　アクション！』
　　ナッツォーニの声が遺跡のセットに響いた。ジェロームがゆっくり岩の扉を開けて中をライトで照らす。すると、ライトを反射して黄金の仏像が光り輝いた。茅野演じるリンが、思わず息を飲んだ。
『これが……父の残した仏像！』
『すげぇな、おい』
　　ジェロームとリンが光り輝く仏像を見つめているところでカットの声がかかった。
『とってもよかった！　実感がこもってて素晴らしいよ』
　　しかし、カットがかかっても茅野は仏像を見つめたままだった。そんな茅野をジェロームがからかった。
『おいおいハルナ、その仏像が本当に欲しくなったのかい？　俺にプレゼントをねだるなら買えるやつを頼むぜ』

『違う……さっき見たのと違う』
『……なんだって？』
『ほら、さっきはこんな光り方してなかった!』
　茅野はジェロームが持っているライトを奪って、仏像をいろんな角度から照らした。
『こんなキラキラ光ってなかった、もっと鈍く、渋い光り方だったよ!』
　大きな声で叫ぶと、周りのスタッフが寄ってきた。撮影を見守っていた僧が仏像を持ち上げて台座の裏を確認した。
『これは……ニセモノだ!』
　駆け寄ってきたナッツォーニが仏像を確認し、顔面蒼白となった。
『不審者が入り込んでいないか、確認しろ!』
　各パートに散らばっていたE組達も、すべての作業を中断して集まった。それぞれの班でスタッフを確認するが、どの班でも不審者を見た者はなかった。制作班の一人が手を挙げた。
『不審者は見てないけど、制作が一人いなくなってる。背の高いひょろっとした奴です』
　スタッフ達がざわっとした。
『まさか、スタッフに紛れ込んで仏像を盗んだ……？　でもどうやって』
　ナッツォーニはさっき仏像を入れていた岩の扉の中を、慌てて確認し始めた。
『監督!　来てください!』
　スタッフの一人が叫んだ。飛んできたナッツォーニは、セットの壁に細工がされているのを見せられた。奥へとつながる通路に見せかけた壁が切り裂かれていて、先に通り抜けられるようになっていたのだ。
『まさか、ここから侵入して盗んでいったのか!?』
　ナッツォーニの叫びがセットにこだました。
『制作の男を追うんだ!　地元の警察に連絡して手配しろ!』
　スタッフ達は慌てて車に乗り込んだ。

「こんなところでボーッとしてる場合じゃねえ。俺達も仏像泥棒を追いかけようぜ！」
　寺坂の一言で、みんなが我に返った。
「こういう時には、何が起きたかちゃんと確かめなきゃ。この壁を通り抜けてみようよ」
　不破が壁の切れ目をくぐり抜けると、遺跡のセットの裏側に出た。寺院の敷地を囲う塀が目の前に迫っている。
　不破は塀を見上げた。
「ほら、この塀にかかっている木の枝、折れてる。まだ折れ口も新しい。ケイドロの時、烏間先生に追跡されないよう殺せんせーに教わったポイントがあったよね？」
「あれか！」
　E組は不破の言葉ですぐに思い出した。ケイドロを始めてすぐは烏間にいいように逮捕されてしまったが、牢屋に入っている間に殺せんせーが追跡をまくヒントを教えてくれた。
「こっちこっち！　早く！　今回は私達がケーサツ側ね」
　片岡が先陣を切って塀を乗り越えた。森の中に、人が通った真新しい痕跡がたくさんあった。ぬかるみにある足跡、踏まれて折れた枝、こそげ落ちた苔などが人の通過を物語っている。
「足跡は一人分！」
「じゃあ、犯人は一人だけ？」
「わかんない、別行動したのかもしれないし」
　痕跡はまっすぐとある方向を目指している。E組はその後を追い続けて低い丘の斜面を駆け上がった。木に登った磯貝が小さく叫んだ。
「いた！」
　丘の先が平原になっていた。そこを突っ切っていく人影がある。背の高い男だ。振り返って追手の存在に気づき、慌てて駆け出した。
「逃げたっ、みんなで追うぞ！」

磯貝の号令で、岡野と木村が一緒に飛び出した。みんなも後に続いた。
「ぜったい捕まえて！」
　茅野が必死に叫んだ。
　いつの間にかついてきたジェロームが茅野を止めた。
『主演女優が出てくるところじゃない。ジェローム様が仏像取り返してやるから、見てな！』
　そう言うなり、茅野を追い越して颯爽と斜面を駆け下りた。
　泥棒が平原を抜けようとする行く手に、岡野、木村らが先回りして待ち構えていた。男は方向転換して逃れようとするが、背後には寺坂、磯貝、カルマが迫って道をふさいでいた。みんなで協力して四方から男を追い詰め、じりじりと囲んでいく。
『なんなんだお前ら!?』
　男が周りを見回した。
『それ、黄金の仏像だろ？　おとなしく渡すんだ』
　磯貝は男が斜めがけにしているカバンを指さした。
『力づくで取ってみろ。この仏像がどうなっても知らないぞ』
　男は口笛を甲高く鳴らした。
「こいつ、俺らをナメやがって」
　寺坂がずかずか近づいて行こうとするのを磯貝が止めた。
「待った。ここは飛び道具でいこう」
「飛び道具だぁ？　そんなもんあんのかよ」
　立ち止まっていた寺坂の頭をかすめるようにして後ろからボールが飛んだ。杉野の腕から放たれたボールは急激な孤を描いて死角から男の頭を直撃した。
　地面に倒れこむ男の体を磯貝達がキャッチしてカバンをつぶすのを防ぐ。
「ふう、間一髪セーフだった」
「セーフじゃなくて、ストライクだろ？」
　杉野が親指を立てた。

カバンから白い布の包みを取り出して確認すると、黄金の仏像が現れた。太陽の光の下で、その地肌がきらめく。
「これで一件落着だな」
　そう杉野が言った瞬間だった。

　ヒューッ

　遠くで口笛が鳴った。それに呼応するように口笛の連鎖が起きる。平原を囲む木々の向こうにチラチラと人影が見える。その数はどんどん増え、いつの間にかE組を包囲して近づいてきた男達はざっと数十人はいる。その中に、スタントマンのラワンの姿があった。ラワンが右手を挙げて止まると、男達もぴたっと立ち止まった。
『お前ら、命が惜しければ仏像を置いていけ』
　ラワンがE組へ呼びかけた。
『ラワン！　お前、何者だ!?』
　ジェロームが叫ぶと、ラワンが返事をした。
『この国の者なら「シシ団」という名を聞けば、震え上がるほど名の知れた盗賊団だ』
「こんな大勢の仕業だったのか」
　寺坂が焦る。
「めんどいことになったねー」
　みんなの緊張が高まる中、カルマはひとり冷静だった。
「なぁ、磯貝。この状況、なんか見覚えあるんじゃね？」
　磯貝もすぐにピンときた。
「体育祭の棒倒しか」
「多勢に無勢だから、このまま囲まれちゃ終わりだねー。まず突破しないとヤバいわ、これ」
「じゃあ、俺が仏像抱えて先頭走っていくから、足に自信がある奴は俺につ

いてきてくれ！ スピードで引き離して相手を混乱させよう。こいつら、俺の方を追ってくるだろうから、足に自信がない奴は俺と別れて、撮影現場に盗賊団のことを知らせに行ってくれ！」
「おー！」
　磯貝はいきなり飛び出して、盗賊団の肩を飛び越えて包囲を越え、走った。木村、岡野、前原、岡島、片岡ら機動力の高い者達がすぐ後に続く。
「フリーランニング、久しぶりだな」
「やれば体が思い出すぜ」
　村松と吉田もついていった。寺坂とイトナも後を追う。
　E組が動き出したのに対して、ラワンが呼応する。
『仏像を持っている奴を捕まえろ！』
　盗賊団は慌てて磯貝を追いかけるが、森に逃げ込んだ磯貝は木に登ったり、枝から枝に飛び移ったり、急に飛び降りて敵の視界から消えたり、仏像をE組の仲間に渡したりして、変幻自在な動きで盗賊団を撹乱する。
　茅野が渚やカルマと一緒に磯貝達を追って動いていると、茅野を守っているつもりのジェロームが弱音を吐いた。
『おーい、待ってくれ！　ハルナ、速すぎるって！』
『ついてこれないなら、ひとりで戻ってて！』
　そう言われると、ジェロームは必死の形相で茅野についていった。
「カルマ！」
　磯貝が手ぶらで戻ってきた。
「仏像はどうしたんだ？」
「さっき、木村に渡した。交替で持って敵を混乱させようと思ったんだけど、やつら、じっくり追い込んできてる。向こうの数が多すぎるんだ。じりじりと包囲網を狭めてきてる」
「森はやつらの方が慣れてて有利かもね。じゃあ、走り回ってるだけじゃダメだね。なにか反撃できる手を打たないと。戦いやすい地形を探して、相手を確実につぶしていかないとやられる」

カルマは焦りを感じた。
「渚、ちょっと知恵貸してよ。……渚？」
　さっきまでいたはずの渚の姿がなかった。
「渚、どこいったんだよ？」
　カルマがあたりを探し歩いた。すると、木々の枝がからまり合っている先に渚の背中を見つけた。
「どうしたんだよ」
「これ、遺跡かな……？」
　渚の目の前には、石造りの塔や建物が多数あった。それらは木々に侵食されて森の一部と化している。まるで、木が塔を絞め殺しているみたいにからみついていて、塔の一部が崩壊している。そのすさまじい光景に、渚達は思わず見とれた。塔の柱には神か仏と思われる荘厳な表情の顔がいくつも彫られている。
「すごい……」
　森の中に突如現れた巨大な彫像に渚は圧倒された。それらの塔の中に、ひとつ異色な顔が彫られているのに渚は気づいた。その顔は一つだけ真新しい柱に彫られている。円に近い輪郭で、目はゴマ粒ほど小さく、口は三日月のような笑みを浮かべていた。

「えっ!?　……殺せんせー!?」
　渚が指さした先を見たカルマも「なんだこれ!?」と驚いた。
「勝手に遺跡の一部になってんじゃねーよ」
　二人を探しに来た茅野がやってきて、その塔の柱を、懐かしそうに見つめた。
「殺せんせー……こんな所にも来てたんだね」
　カルマがその柱の周囲を見回す。
「この柱を作るためだけってことないよなー。なんか他にあるはずだけど」

仏像と強敵
buddha statue and a powerful enemy

時の流れを感じさせる遺物の間を歩きまわっていた渚は、塔の向こうに大きな物体があるのを見つけた。薄汚れているドーム状の物体だ。その物体の正面にまわって正体を確かめると、果たしてそれは殺せんせーの顔の形をした黄色いドームだった。
　プラネタリウムくらいの大きさはあるそのドームはこの三年でかなり侵食を受けていて、表面にはつる状の根を這わせた植物が張りついていた。いずれ年月が経つと森の一部と化していくと思われた。
　殺せんせーの口にあたる部分の前に立つと、歯の一つがドアとなっていた。渚は足元の草を巻き込みながら、ドアの取っ手を手前に開いた。
『なあ、ここ怪しいよ？　入らない方がいいんじゃないかい？』
　怖気づくジェロームを置いて、渚はドームに入っていった。

　手探りで入り口近くの電気をつけると、中はふつうの家のように見えた。まず玄関がある。渚達が上がって廊下の先にあるドアを開けると広い部屋が現れた。床が埋もれるほどのおもちゃや雑貨が転がっている。さらに周囲にはテレビ、ちゃぶ台、扇風機など生活に必要なものが散在していた。家具にはうっすらとほこりが積もっている。
　渚が足元で響いた怪音にびっくりして、床から音の主を拾い上げた。パーティー用のブーブークッションだ。
「こんなのがあるよ」
「ねえ、こっちも」
　茅野が構えているのは、まるで機関銃のようなごつい形の水鉄砲だ。その他にも、花火やゲーム、食玩、シールのコレクションなどが次々と発掘された。
「あーあ、完全にダメ人間の部屋だわ」
　カルマが駄菓子の袋を投げ捨てた。
「つまり、この建物って……殺せんせーの隠れ家ってこと？」

「多分……先生、世界中に寝ぐらがあったみたいだし」
「つうかさ、隠れ家なのに自己主張激しすぎじゃね？　かなり痛いよねー。痛車じゃなくて痛ハウスじゃん、これ」
「あはは、そうだね」
　渚が笑っていると、磯貝達も部屋に入ってきた。
「うわ、なんだこの部屋!?」
「欲望ダダ漏れだな」
「グータラするための隠れ家か。まったくのんきなもんだぜ」
　部屋の持ち主に向かって言いたい放題だ。
「なつかしいな、これ」
　吉田が食玩の一つを拾い上げてしげしげと眺めた。部屋には彼らが殺せんせーと過ごした三年前に流行っていたグッズがあふれていた。
　皆があきれる中、岡島が鋭い眼光で奥へと続く廊下を睨んだ。ひとりフラフラと歩いて嗅覚を頼りにたどり着いたのは、壁一面にエロ本が陳列された、エロ本部屋だ。

「なんと神々しい……」
　壁に飾ってある本を食い入るように眺めると、そのうちの一冊を震える手でつかんだ。
「こ、これは……いまテレビで引っ張りだこになっている巨乳グラドル、〇〇〇の過激露出グラビアが収録されているレアものじゃないか……！ああっ、こっちにはいま映画で活躍中の△△△のデビュー時の大胆水着グラビア……ここは聖域か！」
　イトナも壁を見回して感嘆する。
「三年前は無名で、最近ブレイクした女ばかりだ。あのタコの、巨乳の未来を見る目は恐ろしく確かだったという事か……」
　わかる者にだけわかる男の会話に、取り残された他の者達がドン引きしている。
「みんな、こっち来て！」
　片岡の声の方にみんなが集まった。その部屋には、壁一面にパネルが飾ってあった。それは、E組生徒達が一斉に銃を構えている姿を写した写真だ。全員が等身大に写っている。
「これ……俺達が殺せんせーを狙ったときのだ」
「そうだね……こんなの撮ってたんだ」
　それぞれの脳裏に暗殺教室の、殺せんせーと過ごした時間の記憶がたくさん浮かんでくる。こんなところで再会できるなんて、とことん「縁」があるのだろう。
　だが、磯貝の言葉が皆を現実に引き戻す。
「いまは思い出に浸っている場合じゃない。とりあえずここに隠れたのはいいけれど、そのうち盗賊団もここを見つけて襲ってくる。対抗するのに使えるものを探そう」
「そう言っても、ガラクタばっかりだし……」
　片岡の言葉にはあきらめが入っていた。おもちゃのスロットマシーンを拾い上げてしげしげと眺めている。

「そんなことないんじゃね？　いろいろ使えるよ」
　カルマが手にしているのはネズミ捕りだ。
「盗賊団、たくさんいるから俺ひとりのアイデアじゃ限界あるっしょ。みんなも考えてよ」
「おう！」
　殺せんせーの痛ハウスの中に、磯貝達の声が響き渡った。仏像はエロ本の聖堂に安置して、部屋の中にあるガラクタを漁って使えそうなものをどんどんかき集めた。

　カバンを斜めがけにした木村が、周囲を慎重に確認しながら殺せんせーの痛ハウスを出た。木の陰に隠れるようにして進んでいく。だが、大きなイチジクの木のそばを通り過ぎようとした時、盗賊団二人が前に立ちふさがった。
『見つけたぞ！』
「くそっ」
　俊足を活かしてスピードで振り切り、来た道を戻ろうとすると新たに二人の盗賊団が現れて木村を囲んだ。慌てて大木に駆け上がり、枝から枝へと跳んで移動する。盗賊団は地上から木村の移動する影を追い続けた。
「しつっこい奴らだな」
　男らの甲高い口笛が鋭く響く。さらに仲間が集まってきて木村包囲網を作り上げていく。木村は地上に降りて英語で叫んだ。
『できるもんなら、捕まえてみろよ！』
　挑発を受けた盗賊団は、猛然と木村を追った。木村の足に負けじと追い上げていた三人が一斉に転んだ。縄跳びを張った罠に引っかかったのだ。
「ざまあ、待ち伏せしてるのはてめーらだけじゃねえんだよ」
　威張った寺坂の横でキシシシと村松が笑った。そのまま縄跳びで盗賊団を縛り上げた。

E組の逆襲を喰らったラワンが怒った。
『悪名高きシシ団がガキどもになめられてどうする！　武器を使え！　さっさと全員捕まえて、黄金の仏像を取り返すんだ』
　盗賊団はいっせいに牛刀のような大きい刀を取り出して反撃を開始した。
　寺坂達は盗賊団を分断し、虫取り網や釣り道具で作った即席罠にかけてひとりひとり倒していたが、相手が武器を使ってなりふりかまわず攻撃してくると後退せざるをえなかった。
「やべぇ！　これくらい引きつければ十分だろ。そろそろ木村を援護して戻ろうぜ」
　木村を中心に固まって走り、殺せんせーの痛ハウスの中へ逃げ込んだ。
『逃がすな!!』
　ラワンとともに盗賊団がなだれ込んでいく。
　内部は真っ暗だ。いっぺんに大勢が詰めかけたので、室内のスペースに盗賊団がひしめきあっている。
『明かりをつけろ!』
　盗賊団達が壁を手探りでスイッチを探す。
『いてっ!』
　痛みで叫び声が上がった。ネズミ捕りに引っかかって、指を思い切り挟まれたのだ。
『おい、誰か明かり持ってないのか!?』
　盗賊団の一人が叫ぶと、ポン、ポンとあちこちで破裂音が鳴る。
『ギャッ!!』
『目がぁっ！　熱い!!』
　今度は鋭い叫びだ。おもちゃの水風船にしこまれたカルマ特製のプノン国名産激辛唐辛子水が破裂して、盗賊団の眼を襲った。E組はここぞとばかりに水風船爆弾を投げ込んだ。
『ナメやがって!!　ガキども！　水はあっちから来たぞ。突っ込め!!』
　ラワンが無理やり部下達を突撃させる。なだれ込んだ途端、足元がブーっ

と鳴った。怯(ひる)んだ所に唐辛子入り強力水鉄砲で追い撃ちがかかる。
『ちくしょう！ コケにしやがって!!』
　パッと明かりが点く。盗賊団を待ち構えていたのは、銃を構えたE組達だ。盗賊団達はたくさんの銃口に狙われて、一瞬怯んだ。
『罠だ!』
　ラワンが叫んだ瞬間、盗賊団達の体が一瞬浮く。床が抜けて、一斉に穴底に叩き落された。
「やった!!」
「よっしゃあああああ!!」
　E組達が現れて、落とし穴に落ちた盗賊団を見おろして喜んだ。
「これってどう見ても、殺せんせーが落とし穴対策のシミュレーション用に作った穴だよね」
「苦手だったもんなぁ殺せんせー、落とし穴は」
「穴の周りには俺達のパネル。狙われてる雰囲気まで作ってたんだな」
「殺せんせー、こんなに必死に対策してたんだね。なかなか殺せなかったの、わかる」
　片岡は殺せんせーの暗殺を仕掛けていた日々を思い出し、磯貝に微笑みかけた。
「まさかこんな時に殺せんせーの痕跡が見つかるなんて……。教室での事、色々思い出しちゃったね、茅野」
　渚が周囲を見回したが、さっきまで横にいたはずの茅野がいない。
「茅野……？」

「なぎ――」

　渚は鋭く振り返った。自分を呼ぶ声がたしかに聞こえた。その声は途中でかき消された。

CHAPTER 5 文法(7) —比較❷—

与えられた日本語の意味になるように、カッコ内の語句を並べ替えよ。

(1) 彼の貯蓄額は私の2倍多い。
　→ The amount of his savings is (size, of, twice, the, mine).

(2) できるだけ早く返事下さい。
　→ Please respond (as, as, possible, soon).

(3) 私の先生は私の10倍本を持っている。
　→ My teacher has (as, as, ten, books, many, times, I).

次の英文を和訳せよ。

(1) As far as I can see, there's no solution.

(2) I'll be waiting as long as you can come by five.

(3) Take as much as you like.

(4) He is talented as a teacher as well as an assassin.

(5) He is not so much an assassin as a teacher.

次の英作文の誤りを指摘せよ。

(1) せんせーは僕らよりずっと足が速い。
　→ Our teacher runs very faster than we do.

(2) 彼女は犬よりも猫のほうが好きだ。
　→ She prefers cats than dogs.

(3) 彼は賢明(wise)であるというよりは利口(clever)である。
　→ He is cleverer than wise.

(4) ロシアの人口は日本よりも多い。
　→ The population of Russia is larger than Japan.

次の英文を和訳せよ。

(1) He is the last man to do such a foolish thing.

(2) My students know better than to do such a foolish thing.

(3) I cannot read German, still less Greek.

(4) A whale is no more a fish than a horse is.

〈 答 案 用 紙 〉

MONSTER.1	(1)
	(2)
	(3)

MONSTER.2	(1)
	(2)
	(3)
	(4)
	(5)

MONSTER.3	(1)	→
	(2)	→
	(3)	→
	(4)	→

MONSTER.4	(1)
	(2)
	(3)
	(4)

MONSTER.1 原級比較・倍数比較

はいはーい！「〜倍」っていう表現は twice as large as みたいな語順になります！

そう、それが基本だ。ここではちょっとヒネリのきいた問題を選んである。(1)と(3)は文法的に正確に説明すると長くなってしまうが、語順が紛らわしいから注意してくれ。(1)はtheの位置、(3)はmanyの位置がポイントだ。

as soon as possibleは超基本だからフレーズとして覚えちゃおう！

MONSTER.2 asを用いた色々な表現

どれもas asを使った熟語ですね。(3)はわかりやすいけど、(1)と(2)は far（遠い）とか long（長い）って意味はなくなっちゃうんですか？

そう、このふたつはそれぞれ「〜の限りでは」「〜ならば」という副詞節を導くだけで、「…と同じくらい〜」という原級比較の意味はない。

(4)と(5)は似てますけど、(5)はas asじゃなくて so asなんですね。

このsoはasと同じ機能で、否定文になるときas asはso asになると覚えておけばひとまず大丈夫さ。(5)は作文でも重要だから、できれば暗唱してもらいたい。

MONSTER.3 その他の注意事項①

ここは全てポイントが違うので、以下にまとめておいた。

(1) very→much
比較級を強調するときはveryでなくmuchやfarを用いる。

(2) than→to
preferはprefer A to Bで「BよりもAを好む」という語法をとる。

(3) cleverer→more clever
二者間での比較ではなく、一者の性質の比較の場合、短い形容詞でもmore+形容詞で表現する。

(4) than Japan→than that of Japan
元の文だと「ロシアの人口」と「日本」という別次元のものを比較してしまっていることになる。

MONSTER.4 その他の注意事項②

なんかどれも見たことあるような、ないような……

どれも知らないと訳せないものばかりだ。(1)は否定で訳すのが、(2)は「分別」という言葉がポイントだ。(3)は肯定のときはstill moreを使う。

(4)はこのまま暗唱して覚えて知ってました！

この構文は「クジラ構文」という通称があるくらい有名な例文だ。覚えておいて損はない。

Chapter ⑤ 文法(7) ― 比較❷ ―

POINT

文法の弱点㉙
倍数表現は語順に注意！

ANSWER

(1) twice the size of mine
(2) as soon as possible
(3) ten times as many books as I

POINT

文法の弱点㉚
asを使った熟語は
まとめて整理！

ANSWER

(1) 私にわかる範囲では、解決策はありません。
(2) 5時までに来れるのであれば、待っています。
(3) 好きなだけ持っていっていいよ。
(4) 彼は暗殺者としてと同じく、教師としても才能に恵まれている。
(5) 彼は暗殺者というよりは教師だ。

POINT

ANSWER

(1) very → much
(2) than → to
(3) cleverer → more clever
(4) than Japan → than that of Japan

POINT

文法の弱点㉛
比較表現を使った慣用表現は
正確に訳せるように！

ANSWER

(1) 彼はそんな馬鹿なことをしそうな最後の人間だ。
→彼がそんな馬鹿なことをするはずがない。
(2) 私の生徒たちはそんな馬鹿なことをしないだけの分別がある。
(3) 私はドイツ語は読めないし、ギリシャ語はなおさら読めない。
(4) クジラが魚でないのは、馬が魚でないのと同じである。

CHAPTER 5 文法(8) ─その他─

次のカッコに適切な語句を入れよ。
(1) "(　) is he?"
　　"He is a teacher."
(2) 彼はすぐに戻ってくるだろう。
　　→ It will (　)(　)(　)(　) he comes back.
(3) 彼は赤髪ではない。僕もだ。
　　→ He doesn't have red hair. (　)(　) I.
(4) 忘れないように書いておきなさい。
　　→ Write it down (　) you forget it.

カッコ内の語句を適切な順序に並べ替えよ。ただし文頭に来る単語も小文字にしてある。
(1) (as, is, he, young) , he is already displaying his remarkable talent.
(2) (him, become, what, has, of) ?
(3) Do you know (it, is, what, to) kill?
(4) (do, he, know, where, I, not, went) .

次の英文を和訳せよ。
(1) I don't hate him because he is poor.
(2) Study hard, or you will fail.
(3) It never rains but it pours.
(4) He is not such a fool but he can see the reason.

二つの文が同じ意味になるようにカッコに適切な語句を入れよ。ただし、(8)は与えられた日本語の意味になるように3つの文を完成させよ。
(1) Nobody cares.
　　→ (　)(　) ?
(2) Why do you read such a book?
　　→ (　) do you read such a book (　) ?
(3) Why did she kill the man?
　　→ (　)(　) her kill the man?
(4) Though he is poor, he is happy.
　　→ (　)(　)(　) his (　) , he is happy.
(5) While we were in Hokkaido, we enjoyed the seafood.
　　→ (　) our (　) in Hokkaido, we enjoyed the seafood.
(6) You had better take an umbrella in case it rains.
　　→ You had better take an umbrella (　)(　) it should rain.

(7) If you don't hate her, I will invite her.
→ (　) you hate her, I will invite her.

(8) 彼が入ってくるやいなや、教室の全員が凍りついた。
① (　) soon (　) he entered the room, everyone in the class froze.
② (　) had he entered the room (　) everyone in the class froze.
③ No (　)(　) he entered the room (　) everyone in the class froze.

〈 答 案 用 紙 〉

MONSTER. 5

(1)	(2)
(3)	(4)

MONSTER. 6

(1)
(2)
(3)
(4)

MONSTER. 7

(1)
(2)
(3)
(4)

MONSTER. 8

(1)	(2)	(3)
(4)	(5)	
(6)	(7)	
(8) ①	②	③

MONSTER.5 注意すべき疑問詞・接続詞（1）

これ、全部ムズくねぇか……？ (1)はwhoじゃダメなのか？

たしかに、この単元はムズめのが多いな。
(1)はWho is he? の答えが「彼は先生です」だとおかしいだろ？
これは<u>whatで職業を訊ける</u>っていう文法事項。

(2)は<u>It will not be long before</u>ってやつだろ。
これは前に覚えたぜ。

おお、そうそう。そのフレーズはキャッチーで覚えやすいよな。(3)もNor do I. で「<u>自分も〜ない</u>」って意味だから知っとくと使えるぜ。この場合はNeither do I. でもOK。

 ## MONSTER.6 注意すべき疑問詞・接続詞（2）

(3)は解けたぜ。what it is to doで「doするとはどういうことか」だろ？

正解。(4)もwhere he wentで「彼がどこに行ったか」を作れるって気付いたら勝ちだな。

(1)はどう見てもAs he is youngじゃねぇの？

そうすると意味的に「彼は若いので、すでに才能を示しはじめている」になっちゃうだろ？「若いのに〜」って言いたいわけ。そういうときはYoung as he is, って<u>倒置</u>するんだよな。ムズいけど、たまに見るから覚えておいたほうがいいぜ。(2)はWhat has become of him? ってこれも定番の言い回しだな。「あいつどうした？」って意味。このまま暗記しちゃおうぜ。

 ## MONSTER.7 注意すべき疑問詞・接続詞（3）

全部簡単かと思ったけど、普通に訳したら全部間違ってたぜ……。

訳すと間違うシリーズだな。because, or, butがそれぞれ特殊な意味になってるから注意だ。(1)は「<u>〜だからといって</u>」、(2)は命令形+orで「<u>さもないと</u>」、(3)はneverとbutが組み合わさって「<u>〜するとかならず…する</u>」、(4)はsuchとbutが組み合わさって「<u>〜しないほど…でない</u>」だな。地道に覚えていこうぜ。

MONSTER.8 注意すべき疑問詞・接続詞（4）

おいおいおい、これ全部覚えるのかよ。

たしかに多いけど、文法も終盤だからな。だいたい答えを見て覚えればいいんだけど、いくつか補足しとこう。

(1)修辞疑問（誰が気にするというのか？）
(5)whileと違ってduringは後ろに文を置けない
(6)for fearで「〜を恐れて」的な意味。ムズめ！
(8)「〜するやいなや」の定番書き換え問題

Chapter 5 文法(8) ―その他―

POINT

文法の弱点 ㉜
疑問詞のムズめの使いかたをマスター！

⑷のlestは難問です

これ一語で so that...not（〜しないように）の意味になりますよ

ANSWER

(1)	What
(2)	not be long before
(3)	Nor do
(4)	lest

文法の弱点 ㉝
疑問詞の並べ替え問題は文の意味も考える！

ANSWER

(1)	Young as he is
(2)	What has become of him
(3)	what it is to
(4)	I do not know where he went

POINT

文法の弱点 ㉞
基本的な接続詞が通常の意味からズレる場合に注意！

ANSWER

(1)	私は彼が貧乏だからといって彼を嫌っているのではない。
(2)	一生懸命勉強しろ、さもないと失敗するぞ。
(3)	雨が降るときは必ずどしゃぶり。
(4)	彼はその道理がわからないような馬鹿ではない。

POINT

文法の弱点 ㉟
疑問詞の書き換えは問題集でまとめて殺る！

ANSWER

(1)	Who cares	(2)	What , for
(3)	What made	(4)	In spite of , poverty
(5)	During , stay	(6)	for fear
(7)	Unless		
(8)	① As , as ③ sooner had , than		② Hardly , when （またはScarcely , before）

CHAPTER 5 文法(9) ―書き換え―

次の文を受動態に書き換えよ。
(1) Our teacher saw the couple come out of the building.
(2) She made me deal with the situation.
(3) Everyone looks up to him.
(4) Somebody stole my wallet.（2通りで）

次の文を、直接話法のものは間接話法に、間接話法のものは直接話法に書き換えよ。
(1) She said, "I want to go home."
(2) They told me that I looked sick.
(3) Our teacher said to us, "I couldn't sleep well last night."

次の下線部を節（主語＋動詞を含む）から句に書き換えよ。
(1) <u>Though he is poor</u>, he is happy.
(2) He insisted <u>that I should go</u>.
(3) It seems that she came <u>while I was away</u>.

次の文を各条件にしたがって書き換えよ。
(1) Why did you kill him?
　　→ 文をWhatではじめて2通りに
(2) I know none of them.
　　→ anyを用いて
(3) But for his advice, I would have failed.
　　→ Ifではじめて

〈 答 案 用 紙 〉

MONSTER. 9

(1)

(2)

(3)

(4)

MONSTER. 10

(1)

(2)

(3)

MONSTER. 11

(1)

(2)

(3)

MONSTER. 12

(1)

(2)

(3)

MONSTER.9 受動態

さて、難関の書き換え問題です。これは<u>英作文の基礎</u>にもなるね。

 理事長先生。受動態は主語と目的語をひっくり返すだけではないのですか。

お手伝いありがとう。それだけだと間違うのを集めてありますね。(1)(2)は<u>受動態になるとtoが復活</u>する。

(3)はbe looked up toと<u>連動詞ごとひっくり返せばいいだけ</u>ですね。

(4)は<u>2通りで書き直せる</u>が、両方に習熟させましょう。

MONSTER.10 話法

引用符を使うか使わないかの書き換えですね。この手の問題の注意点は?

たとえば(1)で引用符に入っているIは話者のsheなので、<u>引用符が外れるとshe</u>にしなければなりませんねぇ。

その通り。あと重要なのは<u>時制の調整</u>ですね。(2)では発話をそのまま表現しなくてはならないからlookedをlookにする。(3)のように「昨晩」などの<u>時の副詞</u>がきまった言い方に変換される例もあるから確認しておくように。

MONSTER.11 節と句

<u>句と節の書き換え</u>は定番ですね。非常に英語的な感覚で、とくに節を句にするときは日本語で日常的には使わない<u>名詞表現</u>が出てきて硬質な印象になる。

(1)はpoorの名詞形のpovertyを知っていればOKですが、(3)などは<u>awayから類推</u>してabsenceという語を絞り出さねば答えられませんね。

なるほど、その通りだ。(3)はその意味では少し高級だね。(2)はshouldナシで、I goとしてもいい。<u>仮定法現在</u>というやつですね。この本でももう出てきているから忘れている人は復習しておきなさい。

MONSTER.12 その他の書き換え

さて文法も最後の問題だ。

すでに出てきた文法事項を使うものもありますね。

書き換えというのは問題の形式であって、文法事項そのものじゃない。<u>すべての文法事項を参照しながら解く</u>ものだから、総合問題なんですね。
(1)はwhyを<u>what ... for</u>で言い換えられるという疑問詞の問題。
(2)はno/noneをnot anyで言い換える問題だが、notとanyが同時に使われると、必ず<u>notがanyよりも先にくる</u>というのも、ここであわせて覚えておこう。

(3)は<u>but forが仮定法を導く</u>という知識を問う問題ですねぇ。

そう。だからこれは仮定法の問題でもあるわけです。

Chapter ⑤ 文法⑼ ― 書き換え ―

POINT
P.070

文法の弱点㊱
SVOをひっくり返すだけじゃない
受動態をマスター！

ANSWER

(1)	The couple was seen to come out of the building by our teacher.
(2)	I was made to deal with the situation by her.
(3)	He is looked up to by everyone.
(4)	① My wallet was stolen. ② I had my wallet stolen.

haveが出てくる ことに注意！

POINT

文法の弱点㊲
話法の書き換えは
副詞や所有形容詞に注意！

ANSWER

(1)	She said that she wanted to go home.
(2)	They said to me, "You look sick."
(3)	Our teacher told us that he couldn't sleep well the night before.

POINT
P.098

文法の弱点㊳
節→句の書き換えは抽象名詞がポイント！

ANSWER

(1)	In spite of his poverty, he is happy.
(2)	He insisted on my going.
(3)	It seems that she came in my absence.

POINT

文法の弱点㊴
書き換え問題は
文法の総合問題！

ANSWER

(1)	① What made you kill him? ② What did you kill him for?
(2)	I don't know any of them.
(3)	If it had not been for his advice, I would have failed.

実は通じない!? 和製英語集

担当：ビッチ先生

日本では通じても英語圏では通じない和製英語を教えるわ。向こうで使ったら赤っ恥よ！

暗殺者としてE組にやって来た後、英語を中心に外国語教師として会話術や大人な技能をレクチャー。その後は防衛省に再就職し、烏間の下で働くことに。

日常編

サービス

例文
「巨大プリンはサービスではありません。」

英文（誤り）
The huge pudding is not service.

正しくは…
The huge pudding is not for free.

英語のserviceに「無料で」の意味はないわ。おもてなしの精神は日本ならではね。

クレーム

例文
「私は横暴な鷹岡先生にクレームを入れた。」

英文（誤り）
I claimed to the violent teacher, Mr. Takaoka.

正しくは…
I complained to the violent teacher, Mr. Takaoka.

英語で言うclaimは「主張、断言」って意味だから、日本と少しズレるわね。イラつくことがあったら、ハッキリ「complaint」を入れなさい！

ガッツポーズ

例文「狙い通りエロ本トラップが成功し、ガッツポーズをした。」

英文（誤り）The porn magazine trap worked as intended, and we did a guts pose.

正しくは…
The porn magazine trap worked as intended, and we did a victory pose.

諸説あるけど、日本はガッツ石松って名前のプロボクサーが由来らしいわね。拳を握って手を上げるポーズは、勝利を表す最高のvictory poseよね。

教室編

カンニング

例文「不利な戦いでもE組はカンニングしないぜ！」

英文（誤り）Class-E won't cunning even if the fight is unfair!

偉いわ！でも、ちょっと待ちなさい!!

正しくは…
Class-E won't cheat even if the fight is unfair!

Cunningはズル賢いって意味の形容詞よ。ちなみにcheatingには恋人の浮気行為って意味もあるけど、バレるようにやってるんじゃまだまだよ。

マンツーマン

例文「渚ちゃんとのマンツーマンはかなりお金がかかる。」

英文（誤り）A man-to-man with Nagisa-chan is really expensive.

私もそう思うけど、ちょっと待ちなさい!!

正しくは…
A private session with Nagisa-chan is really expensive.

「Man-to-man」って言葉はあるんだけど、スポーツでの1対1の攻防とか、腹を割って話す時とかに使うの。人と人が個別に向き合って話すのは「one-on-one」が通じるわね。

ビッチ先生の暗殺編

スリーサイズ

知りたい？じゃあ教えてア・ゲ・ル♥

例文「岡島はカメラ越しであれば、女性のスリーサイズをズバリ当てられる。」

英文（誤り）Okajima can tell the three sizes of a lady when looking through camera lens.

ちょっと待ちなさい!!

正しくは…
Okajima can tell the bust-waist-hip measurements of a lady when looking through camera lens.

日本人だと、女性の胸と腰周り、お尻のサイズってすぐに分かるわね。けど、英語だとmeasurement「測定する」って言葉を使うわ。あと、海外だとスリーサイズを公に出すなんてありえないからね。

スキンシップ

例文「烏間とのスキンシップはまだまだこれからよ！」

英文（誤り）My skinship with Karasuma isn't over yet!

ちょっと待ちなさい!!

正しくは…
My body contact with Karasuma isn't over yet!

そもそもこんな言葉、英語にはないわよ！「Physical contact」には恋人だけじゃなくて他人や友人との交流も含まれるから、どんどん使っていきましょ♥

試験に役立つ!? みんなが考える&教える!! 超●実践的アドバイス!!! vol.3

竹林孝太郎
会場までの道中

道中は単語の習得よりもリスニングの耳慣らしに使った方が良い。手元に意識が集中して転んだり滑ったりしたらことだからね。ま、こんなNGワードでヘコんでたんじゃダメだけど。

千葉龍之介
テストまでの準備期間

問題を解く勉強だけじゃなく、時間のかからない問題、時間がかかる問題、それらを見分けられる"目"も養っておくこと。

狭間綺羅々
テスト直前（休み時間含む）

休み時間のトイレは大抵混んでるわ。早めに行っておかないと、忌まわしいあだ名がついちゃうわよ、クックック。

速水凛香
テスト前日

毎年遅刻をする人が出るくらいだから、寝不足は大敵。狙撃も一緒で、寝不足だと集中力が乱れるし。

原寿美鈴
テスト当日の朝

朝ごはんや昼ご飯で食べ過ぎちゃうと、試験中に眠くなったりお腹が痛くなったりすることがあるから、当日は腹八分目で我慢ね。

テストじゃカンペは使えないからね〜

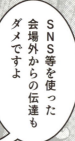

SNS等を使った会場外からの伝達もダメですよ

6. 隣同士の時間

した渚はすぐさま声の聞こえた方向——痛ハウスの外へ飛び出

ラワンが手下を一人従えて立っていた。縛り上げた茅野を脇に
刀を手にしている。

光景に血の気が引いた。追って出てきたE組も立ちすくんだ。
したいが、黄金の仏像を出せば許してやる』
地面を震わせるような声で怒鳴った。
像は渡しちゃダメ！　私のことはいいから、この人をやっつけて！」
だ茅野をラワンが絞め上げた。茅野が苦しそうにうめく。
刀を振り上げて脅した。
せ、さもなければ首を切り落とす』
返ると、磯貝が目に入った。磯貝は仏像の入ったカバンを肩に
。
…ごめん、渡していいかな」
事はないよ渚。仕方ないさ」
仏像入りのカバンを受け取った渚は、ラワンの元に歩みを進め、

で解放して』
わらないうちに、ラワンの蹴りが渚の顔に入った。蹴られた勢い
が一回転した。

第6章

英文解

{Chapter 6. Transl...

第6章は英文解釈
和訳もポイント押さえれば意外

Korotan Novel

6. 隣同士の時

「茅野!?」
　胸騒ぎ
した。
　そこに
抱え、長
「茅野っ!
　渚はそ
『皆殺し
　ラワン
「ダメ!
　そう叫
　ラワン
『仏像を
　渚が振
かけてい
「磯貝君
「……謝
　磯貝か
差し出す
『……こ
　言い終
で渚の

「渚!!」
　茅野が叫んだ。
　ラワンは鼻で笑うと、地面に落ちた仏像入りのカバンを手下に拾わせた。
『おい、約束だろ、茅野を渡せよ』
　前原(まえはら)が呼びかける。しかしラワンは茅野を抱えたまま下ろそうとしない。
『この女優も地下で売り飛ばせば大金になる。手こずらせた手間賃としてもらっていく』
「なっ!?」
　約束を破られ、追撃に入ろうとした一同だが、茅野の喉元にラワンの刀が突きつけられるのを見て手を止める。たった一人を除いては。
『ヘイ、そこまでだ!!　ゆっくり刀を置いて手を上げろ!!』
　叫んだのはジェロームだ。3メートルほどの距離から銃を構えてラワンを狙っている。
『残念だったな。間抜けな盗賊団を倒してヒロインを最後に救うのは、このジェローム様と決まってるんだよ』
　得意満面に勝ち台詞を決めるジェローム。だが、ラワンは全く意に介さず、茅野を抱えたままステップキックを繰り出した。
『ゲッ!?』
　予想以上に伸びてくる蹴りの軌道を見切れず、みぞおちに直撃を喰らってジェロームが悶絶する。その手から、小道具のモデルガンが、地面に落ちた。
『勝てると思ったのか?　この俺に、偽物のヒーローと偽物の銃で』
　ラワンは茅野を手下に担がせ、自分は仏像を背負い刀を構えて、悠々と去っていく。それを見た寺坂(てらさか)が焦りの視線を仲間と交わす。
　――やべえ。あいつ、マジで強えぞ……。おまけに茅野まで人質にされてちゃ、手の出しようがねえ。
　このままでは、仏像も茅野もむざむざ奪い去られてしまうのは誰の目にも明白だった。

『待……てっ……』
　蹴り倒されていた渚が力を振り絞って顔を上げ、呼び止めた。
「渚、来ないで！　自分でなんとかできるから！」
　茅野が渚に向かって叫ぶ。茅野の言葉は本当じゃない、と渚はわかっていた。茅野はいつでも自分を殺して他人のために動くことを優先してきた。触手を埋めたまま虚弱な生徒を演じた時も、クラスメイトの暗殺を陰で支えるバックアップ役だった時も、クラスメイトが二代目死神に狙われた時も、茅野はそうだった。
　いまも自分の危険を脇に置いて、渚や皆のことを気遣って助けを拒んでいる。教室の、一番近い席で茅野のことを見てきた渚にはよくわかった。
　──置いてけるわけないよ、茅野。ずっと隣にいたクラスメイトを。
　渚はカルマの肩を借りてなんとか立ち上がった。一行は手出しできないまま敵を追う。カルマはラワンを呼び止める。
『ねー、そのまま無事に逃げ切れると思ってんの？　彼女を離さない限り俺らどこまででもついてくし、そしたらあんたらのアジトがばれちゃうよ？』
　ラワンは勝算ありといった顔でニヤリと笑い、そのまま密林を進んでいく。
　そこに遠くから、パラパラパラとヘリコプターのプロペラ音が近づいてきた。
「あいつら、ヘリで逃げる気か！」
　磯貝が焦りをあらわに空を見上げた。茅野の身を気遣い、また刀と高速の蹴りを警戒して迂闊に近づけないうちに、ラワンは木々をかき分けて、ジャングルに埋もれた遺跡に入った。ひらけた中庭で上空に向かって刀を振ると、ヘリはまもなく上空に現れ、縄梯子を下ろした。
「茅野ちゃんを梯子で運び上げる時に隙ができる。そこを突こう」
　追跡しながら、カルマが仲間達それぞれに指示を出す。渚はラワンの隙を逃すまいと、獲物を狙うヘビのように頭を低くしてじっとチャンスを狙っている。
　ヘリコプターが梯子を下ろしたまま高度を下げ、ついに遺跡の中庭に縄

梯子の先が届いた。まずラワンの手下が茅野を肩に担いだまま縄梯子に手をかけ、慎重に一段ずつ登り始めた。
　ラワンは縄梯子のすぐそばで仁王立ちになり、刀を構えて威嚇している。彼がその場で陣取っている限り、E組は下手にヘリに近寄れない。
　手下が、3メートルほどの高さに登った時、頃合いとみたラワンが自らも縄梯子を摑んだ。上を向き、あごをしゃくって叫ぶ。
『上昇だ!!』
　そのままヘリが上昇を始めようとした、まさにその瞬間、
『イトナ!』
『OK』
　磯貝は梯子に背を向け、両手を組んでイトナを待ち構えた。イトナが走りだして、磯貝の手を踏み台にした。
　磯貝がイトナを空中に放り投げる。反動をつけてミサイルのように飛び出し、ラワンを飛び越え、手下の足元に飛びついた。
『何っ!?』
　わずかのところで敵に摑まることはできず、舌打ちしながら着地するイトナ。だがロープは大きく揺れ、また予想外の場所に出現した敵に、ラワンも手下も、ヘリの操縦手も意表を突かれ、一瞬の隙が生まれた。
　──今だ!
　E組の暗殺者達が縄梯子に向かって殺到する。すでに1メートル近く上昇していたラワンの両足に、吉田と村松がしがみつく。
「茅野っちを返せ!!」
　岡野が、前原の背中を借りてジャンプする。縄梯子と刀で両手が塞がっていたラワンは防御ができず、岡野の飛び蹴りを死角からモロに食らってたまらず落下した。
　仏像の入ったカバンがラワンから離れた。すかさず岡島がダイブし、仏像を再び落下から守った。
『クソガキ共、俺と殺り合う気か!』

ラワンが起き上がって刀を構えようとした刹那、片岡（かたおか）が持ち手ごと刀を蹴り飛ばした。
　刀は硬い音を立てて石畳に転がった。間髪入れず、丸腰になったラワンを背後から寺坂が渾身のタックルでなぎ倒す。
　うつ伏せ状態になったラワンの視界に、カルマの足が片方だけ映った。もう片方はラワンの頭上に高々と振り上げられている。
『ざんねーん、殺り合う前に殺すのが暗殺者です』
　鈍い音が響き渡った。カルマのカカト落としがラワンの頭頂部に突き刺さり、土の中に顔面を埋めてラワンは気絶した。

　その時を逃さず、渚は梯子の一番下に飛びつく。自分の体を重りにして、振り子のように梯子を大きく揺らした。茅野を抱えていた手下が渚に気を取られた時、杉野（すぎの）が投げた石つぶてが手下のこめかみに命中した。茅野を抱えた手下の腕が緩む。
「茅野、逃げろ！」
　渚が叫ぶと、茅野が拘束されたまま体をよじらせ、手下の腕をすり抜けた。体が空中に躍り出た刹那、渚と目が合った。渚を信じて、茅野は目をつぶって重力に身を委ねた。
　あわや地面に激突しようかという瞬間、茅野は渚の腕の中に収まった。渚は茅野をかろうじて受け止めたものの、勢いを止めきれずそのまま地面に倒れこんでしまった。
　同時に、上空のヘリにも異変が起きた。無軌道に揺らされた縄梯子が、遺跡から生える樹木に引っかかってしまったのだ。
『うわあああっ！』
　低空飛行していたヘリはバランスを崩し、周りの樹木をバキバキとなぎ倒しながら森の奥に墜落した。手下も操縦手も、全身を強く打って、意識を失った。

重なり合って倒れたまましばらく呆然としていた渚と茅野。
　ほどなく、渚が茅野に苦笑して見せた。
「ごめん、ちゃんと受け止められなくって」
　茅野は首を振った。
「ううん、そんなことない」
「怪我はない？　どこか打たなかった？」
「大丈夫だよ、一応鍛えてるしね」
　皆が歓声を上げて駆け寄ってきた。
「すげー！」
「今の流れ、メチャメチャハリウッド映画っぽかったぜ」
　渚をもみくちゃにし、急いで茅野の拘束を解いた。岡野が茅野に抱きつくと、みんなが茅野を囲んで無事を喜んだ。そんな中で、渚はひとり緊張を解かなかった。
　——いま、気が動いた。
　渚は背後の凄まじい殺気に振り向いた。息を吹き返したラワンが怒りをみなぎらせて近づいてきた。渚は、ラワンが落としていた蛮刀を拾い身構えた。応戦しようとしている小さな渚の姿が、ラワンには最高の侮辱に感じられた。
『身の程知らずが！』
　ラワンの高まる怒りの波動がビンビン伝わる。その波の頂点が来るのを渚は待ちかまえた。自分の鼓動とラワンの波長が共鳴する。
　ラワンの腰が回転し、足技を繰り出そうと息を止めた瞬間、渚は刀を手放した。
『……!?』
　ラワンがそれに釣られ、すっと落ちていく刀を目で追った。その意識の最大の隙を狙って、渚はラワンの眼前で柏手を炸裂させた。
　暗殺教室で、何度も猛威を振るった必殺の猫だまし。
　パァンと乾いた音とともに、ラワンは意識を断ち切られ、前のめりに倒

れた。久々の実戦で完璧に技を決めて油断した渚は、倒れてくる巨漢をよけられず、見事に下敷きになった。
「んぎゅっ!?」
　カルマ達は慌ててラワンを渚から引きはがして今度はしっかり拘束した。
「――渚、渚!」
　茅野が渚を呼び起こした。非力な渚は大きなラワンの下でもがく事もできず虫の息だったが、それでもなんとか体を起こした。
「渚‼　大丈夫!?」
「うぅ……最後の最後にドジ踏むなんて……しまらないなぁ」
「しっかり8K画質で録画しました。渚さん、残念ですがテイク2はありませんよ」
　片岡の胸ポケットから見ていた律の軽口で、皆に一気に笑顔が戻る。
「おい、仏像も無事だぜ!」
「良かった～、首でも折れてたらバチ当たるどころじゃ済まなかったわ」
　村松と吉田がほっと胸をなでおろすと、磯貝が興奮気味に言った。
「久々にみんなで一緒に殺れてよかったよ!」
　わいわいと盛り上がる仲間達を横目に、茅野が渚に近づいた。
「助けてくれてありがとう」
「礼なんていらないよ……まだまだ殺せんせーのように完璧にはできないしね」
　とんでもない、と茅野は心の中でつぶやいた。彼女にとって渚は、殺せんせーと同じ位、彼女がピンチの時に助けてくれるヒーローなのだから。
　――私も、助けてもらうだけじゃダメだ。ちゃんと自分で前に進まなきゃ。

英文解釈(1)

次の文を日本語に訳せ。
(1) Not knowing what to say, we remained silent.

(2) Compared with his master, he is not so skilled.

(3) Guns and knives are the tools with which we study in our class.

(4) Assassination is the means by which we communicate with each other.

(5) He spent what money he had on tissue paper and vegetable oil.
　　［注：vegetable oil：サラダ油］

(6) Nobody knows what has become of our former teacher.

(7) To be frank, he is what you call a hentai.
　　［hentai：ヘンタイ］

(8) One cannot be too thoughtful upon hiding one's true identity.

(9) We have never confronted any trouble without learning a lesson from our teacher.

(10) You cannot assume a creature to be an extraterrestrial because it is yellow.
　　［extraterrestrial：地球外生命体］

(11) It was not until I actually used this textbook that I realized how useful it was.

(12) The risk of explosion turned out to be far from high.

(13) No teacher is free from a weakness however perfect he seems.

(14) There is no accounting for tastes.

(15) It is no use crying over spilt milk.

〈 答 案 用 紙 〉

MONSTER.1		
	(1)	
	(2)	
	(3)	
	(4)	
	(5)	
	(6)	
	(7)	
	(8)	
	(9)	
	(10)	
	(11)	
	(12)	
	(13)	
	(14)	
	(15)	

MONSTER 1 分詞構文／関係詞／What／否定

分詞構文／(1) (2)

分詞構文の問題だね。ここでの -ing形は、Doing...、だと「〜して、」とか Being...、だと「〜で、」みたいに訳すのが基本。

(1)は**否定**がくっついてて、(2)は**過去分詞**になってんだよねー。(1)はカンタンだけど、「わからなかった**ので、**」って理由にするより「わから**ず、**」ってカンジで元の接続詞がなんだったのか明確に言わないほうが無難、ってのがポイントかな。

過去分詞のときは主文の主語(he)に対して受動的にかかるのが大事だね。直訳すると「彼が師匠と比べられれば、」だよ。

関係詞／(3) (4) (5)

関係詞は英文法の難所！みたいになってるけど、そんなムズくないと思うんだよね。この問題はちょっとメンドいの集めてるけどさ。

(3)と(4)は**動詞+前置詞**のパターンだね。いちばん難しいのは(5)かな。

この what money は what little money って書くこともあるんだけど、**littleがなくても、「ごくわずかの」**っていう意味が出るんだよね。これは覚えてないと絶対訳せないやつ。

訳文だと「なけなしの」でそれを表現してるよ。

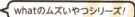

What／(5) (6) (7)

whatのムズいやつシリーズ！

(6)はもう What has become of him? っていう例文でやったよ。「(彼に)**何が起こったのか**」って意味だね。

(7)の what you call はめっちゃ使う言い回しで、直訳すると「彼はあなたがヘンタイと呼ぶところのものだ」って意味ね。「**いわゆる**」って訳すのが定石。

否定／(8)〜(15)

最後は8問連続で、注意が必要な否定表現をまとめてあるよ。

だいたい訳を読んでもらえばわかると思うけど、とくに注意が必要なのは(12)とかかな。far from は「程遠い」だけど、「危険からは程遠い」っておかしいっしょ？こういうのは結局「危険ではない」って意味で、**no とか not がないのに否定の訳が出てくる**からムズめ。

(14)と(15)は、それぞれ There is no doing で「**do できない**」(不可能)、It is no use doing で「**無駄だ**」(無意味)、っていう意味だよ。どっちも有名な**ことわざ**だから、問題文は暗唱しておこうね。

Chapter 6 英文解釈(1)

ANSWER

P.126

(1)	なんと言ったらいいかわからず、ぼくたちは黙っていた。
(2)	師匠と比べれば、彼にはそれほど技術はない。
(3)	銃とナイフは教室でぼくたちが勉強するための道具だ。
(4)	暗殺はぼくたちが互いにコミュニケーションをとるための手段だ。
(5)	彼はなけなしの金をティッシュとサラダ油に使った。
(6)	ぼくたちの前の先生に何が起こったのかは誰もしらない。

P.182

(7)	率直に言って、彼はいわゆるヘンタイだ。
(8)	自分のほんとうのアイデンティティを隠すのに、いくら思慮深くなってもなりすぎることはない。
(9)	ぼくたちはせんせーから教訓を学ぶことなしにトラブルに遭遇したことはない。 → ぼくたちはトラブルに遭遇するとかならずせんせーから教訓を学んできた。
(10)	それが黄色いからといって、その生物が地球外生命体だと考えることはできない。

P.191

(11)	この参考書をじっさいに使ってみてはじめて、これがこんなに有用だということがわかった。
(12)	爆発のリスクはぜんぜん高くなかったということが判明した。
(13)	どんなに完璧に見えようとも、弱点のない先生はいない。
(14)	(他人の)好みは説明することができない。 → 蓼食う虫も好きずき
(15)	こぼれてしまった牛乳についてくよくよしても無駄だ。 → 覆水盆に返らず

CHAPTER 6 英文解釈(2)

次の文を日本語に訳せ。

(1) Our teacher moves so fast that nobody can stab him.
　［stab：ナイフで刺す］

(2) This comic has such power that it changes our views toward studying.

(3) Your inability is so terrible as to fill me with despair.

(4) We kicked them out so that they would dine by the two of them.
　［kick out：追い出す］

(5) I learned the arts of assassination and education; that is as helpful as this.
　※ thisとthatの内容がわかるように訳せ

(6) To bark is one thing, and to bite is quite another.

(7) His love of large breasts is one of his greatest weak points.

(8) He is a man of ability in paining.

(9) The news of his defeat annoyed but amused his father.

(10) It's time the children went to bed.

(11) If it were not for your advice, I should be at a loss what to do.

(12) But for the bad weather, we could swim outside.

(13) He talks as if he knew everything.

(14) I insist that he paid the money.

(15) I insist that he pay the money.

〈 答 案 用 紙 〉

MONSTER. 2

(1)
(2)
(3)
(4)
(5)
(6)
(7)
(8)
(9)
(10)
(11)
(12)
(13)
(14)
(15)

MONSTER.2 so thatとその周辺／呼応／of／仮定法

so thatとその周辺／(1)〜(4)

so that構文みたいなやつだな。基本的には「とても〜なので〜だ」で良いんだろ？

(1)はそうだね。(2)のsuch thatもほとんど同じ。こういうのは、soとかsuchの内容をthat以下で説明してるって感覚をつかむといいよ。

言われてみりゃ、(3)のso terribleもas以下でどんだけterribleなのか説明してる感じになってんな。

そうそう。寺坂のわりに、なかなか良いじゃん。

うるせぇ！

呼応／(5)(6)

なんだこれ、すげぇ簡単じゃねぇか……？

と思うでしょ？ けど「教育は暗殺と同じくらい有用」って訳してない？

暗殺と教育が逆になってるだけじゃねーか。意味は同じだろ？

そのへんがテキトーなやつは何をやってもダメだね。thisとthatが対比的に出てきたら、thisは近い方、thatは遠い方を指すっていう鉄則があんの。

ちっ。(6)もかよ？

こっちはoneとanotherの対比ってのを覚えてほしいのと、「まったく別物だ」って訳せるかがポイントだね。

of／(7)(8)(9)

(8)は知ってるぜ！ 「be of 名詞」で形容詞みたいな意味になるやつだろ。It is of importance = It is importantで覚えたな。

へぇ、正解。(7)は意外にムズくて、A of Bは「BのA」なんだけど、この場合はBがAの目的語みたいになってるでしょ？ 意味的にはHe loves large breastsってこと。

たしかに「巨乳の彼の愛」じゃ変だもんな。

そういうこと。(9)は同格ってやつね。「という」って訳す。

仮定法／(10)〜(15)

この辺はもうやったやつが多いな。

復習寄りだね。But forは知らないと訳せないと思うよ。寺坂、(15)の説明してみ？

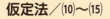

これあれだろ。現在ナントカ仮定法だろ。

仮定法現在ね。heなのにpaysになってないことに注意。shouldを使うこともあるよー。

Chapter 6 英文解釈(2)

ANSWER

POINT C
P.097

(1) ぼくたちのせんせーは動きが速すぎて、だれもナイフで刺すことができない。

(2) このマンガには勉強にたいする意識を変える力がある。

(3) 君の無能さがあまりに酷いので、私は絶望感につつまれる。

(4) わたしたちは彼らが二人で食事ができるように二人を追い出した。

(5) わたしは暗殺の技術と教育の技術を学んだが、暗殺は教育と同じくらい役に立つ。

(6) 吠えることと噛むことはまったく違う。

(7) 彼の巨乳好きは彼の最大の弱点のひとつだ。

(8) 彼は絵画において有能だ(絵がうまい)。

(9) 彼が負けたというニュースは、彼の父親を苛立たせながらも愉しませた。

(10) 子供はもう寝る時間だ。

(11) あなたの助言がなければ、私はどうしたらいいかわからないだろう。

(12) 天気が悪くなかったら、外で泳げるのに。

(13) 彼はまるで何でも知っているかのように喋る。

(14) 彼はお金を払ったと私は主張します。

(15) 彼はお金を払うべきです。

POINT B
P.212

POINT C
P.158

英文解釈(3)

次の文を日本語に訳せ。

(1) We became more confident as we improved.

(2) My students may choose their weapon as they like.

(3) He didn't realize, as is often the case with him, that he was being seduced.

(4) This assassination must be done by yourself.

(5) Whether to continue the assassination or not has to be decided for yourselves.

(6) Antimatter energy is not evil in itself.

(7) It is not I who bought this inappropriate magazine; it materialized on my desk of itself.

(8) Our former P.E. teacher was beside himself between anger and jealousy.
　　[P.E.：体育]

(9) Our handsome classmate dreams of having a room to himself.

(10) Don't tell anyone; it's a secret between ourselves.

(11) Our president hit him in the cheek in spite of himself.

(12) Our teacher tailor-made curricula for as many students.
　　[tailor-make：特注で作る、curricula：curriculum（カリキュラム）の複数形]

(13) The students jumped over the buildings like so many monkeys.

(14) Illness prevented her from coming to the class.

(15) The mere idea of work makes me shudder.

〈 答 案 用 紙 〉

MONSTER.
3

(1)
(2)
(3)
(4)
(5)
(6)
(7)
(8)
(9)
(10)
(11)
(12)
(13)
(14)
(15)

MONSTER.3 as／前置詞＋oneself／many／無生物主語

as／(1) (2) (3)

また俺かよ！
作者の都合じゃねえか！

間違うバカが居ると解説しやすい。
スペースがもったいない。asを使った表現を集めたぞ。

asは「〜のように」だろ？

それだけじゃ解けないぞ。(1)は「〜につれて」と訳せるかがポイントだな。(3)の as is often the case with は長いけど覚えとけ。

前置詞＋oneself／(4)〜(11)

前置詞＋oneself の熟語をたくさん集めておいた。どれも基本的な表現だから地道に暗記だな。

(4) by oneself：ひとりで、独力で。＝alone
(5) for oneself：自分のために／自分自身で。
(6) in oneself：それじたい。＝essentially
(7) of oneself：ひとりでに。
(8) beside oneself：我を忘れる。
(9) to oneself：自分だけの。
(10) between ourselves：私たちだけの（秘密など）。
(11) in spite of oneself：自分の意志にもかかわらず。

many／(12) (13)

as manyとso manyか。どっちも「たくさんの」じゃねえの？

これはかなり難問だな。このmanyは「たくさん」という意味はない。as manyとso many、両方とも「同数」って意味だ。

なんでそんな意味になんだよ？

知らん。ニュアンスとしては「〜と同じだけ多くの」って感じだな。もし出てきたら訳せるようにしておく程度で大丈夫だ。

無生物主語／(14) (15)

でたな無生物主語。これ意味はわかるんだけど変な訳になっちゃうこと多くねーか？「彼女が授業に出るのを病気が妨げた」、みてえによ。

珍しく良い意見だな。無生物主語の訳は、主語を副詞っぽく訳すというコツがある。(14)は「病気が」じゃなくて「病気のせいで〜」、(15)は「仕事の考えが」じゃなくて「仕事のことを考えると〜」みたいな感じだな。

無生物主語が出てくるたびに訳す練習したほうが良さそうだなこりゃ……。

Chapter 6 英文解釈(3)

ANSWER

POINT B P.132

(1) 進歩するにつれてわたしたちは自信をつけていった。

(2) 私の生徒たちは好きな武器をえらんでよい。

(3) 彼は、よくあることなのだが、自分が誘惑されているということに気づかなかった。

(4) この暗殺はきみひとりでやらなくてはならない。

(5) その暗殺を続けるかどうかはきみたち自身で決めなくてはならない。

(6) 反物質エネルギーそれじたいは悪ではない。

(7) この不適切な雑誌を買ったのは私ではありません。それはひとりでに私の机のうえに出現したのです。

(8) わたしたちの前の体育の先生は、怒りやら嫉妬やらで我を忘れていた。

(9) ぼくたちのイケメンのクラスメイトは、自分用の部屋を持つことを夢に見ている。

(10) 誰にも言っちゃだめ。二人だけの秘密よ。

(11) ぼくたちの校長は、自分の意志に反して、彼の頬を殴った。

(12) ぼくたちのせんせーは生徒全員に特注のカリキュラムを作った。

(13) 生徒たちは猿のようにビルの上を飛び跳ねた。

(14) 彼女は病気のために授業にでられなかった。

(15) 仕事のことを考えるだけで身震いがする。

POINT A P.072 P.100

試験に役立つ!? みんなが考える&教える!! 超●実践的アドバイス!!! vol.4

不破優月 (ふわゆづき)
テスト中

試験はどうやって平常心でいられるのか、がカギを握るのよ。事前にシミュレーションをしたりルーティーンを作ったりして、平常心を保ちましょうね。

三村航輝 (みむらこうき)
テストまでの準備期間

試験会場は下見などして全体を確認しておこう。トイレの位置なんかは特に。あと、会場までの交通手段は複数のルートを確認しておくこと。

矢田桃花 (やだとうか)
テスト直前(休み時間含む)

試験会場に入ると、周りの受験者全員が自分よりも頭良い人に見えるけど、そんなことないから自信持って挑もう！

吉田大成 (よしだたいせい)
テスト中

初歩的なことだけどさ、解答欄間違えんなよ。特にマークシート問題の時のマークミス。ラストで気付いたら絶望しかねーぞ、寺坂？

堀部糸成 (ほりべいとな)
テスト直前(休み時間含む)

当然、試験中にスマホや携帯は見れない。時間計測や時間確認用の腕時計を用意しておけ。あと、カンニングって言われないよう、スマホや携帯の電源を切るのは忘れるな。

早く終わっても帰れないからちゃんと見直しなよ〜

第7章
長文

{Chapter 7. Comprehension}

最後の章は長文ですよ。
解説ページではなんとビックリ！ あの人が説明してくれます。
この章の後には修了試験もあるので、ぜひ挑戦して下さいね！

Korotan Novel
7. 出演の時間

CHAPTER 7 長文

次の２つの文章を読み、以下の問いに答えよ。
(A)は短編小説の作文コンテストで賞を取った息子と、母親からそれを聞いた作家である父親との会話であり、(B)はその後日譚である。

(A)

"It's a very good story," the boy's father said. ①"Do you know how good it is?"

"I didn't want her to send it to you, Papa."

"What else have you written?"

"That's the only story. Truly I didn't want her to send it to you. But when it won the prize——"

"She wants me to ②help you. But if you can write that well you don't need anyone to help you. All you need is to write. How long did it （ ① ） you to write that story?"

"Not very long." . . .

"Where would you have known gulls*1 like the one in the story?"

"Maybe you told me about them, Papa."

"It's a very fine story. It reminds me of a story I read a long time ago."

"（ ② ）." the boy said.

That summer the boy read books that his father found for him in the library and when he would come over to the main house for lunch, if he had not been playing baseball or had not been down at the club shooting, he would often say he had been writing.

"Show it to me when you want to or ask me about any trouble," his father said. "Write about something that you know."

"I am," the boy said.

"③I don't want to look over your shoulder or breathe down your neck," his father said. "If you want, though, I can set you some simple problems about things we both know. It would be good training."

"I think I'm going all right."

"Don't show it to me until you want to then. How did you like 'Far Away and Long Ago'?"

"I liked it very much."

"The sort of problems I meant were: we could go into the market together or to the cockfight*2 and then each of us write down what we saw. What it really was that you saw that ④<u>stayed with</u> you. . . . The small things. To see what we each saw."

<u>The boy nodded and then looked down at his plate.</u> . . .

"Probably it's better for me to go on the way it was in the story."

(③) his father said.

I could not write that well when I was his age, his father thought. I never knew anyone else that could either. . . .

(B)

He never showed his father the second story. It was not finished to his satisfaction at the end of vacation. He said he wanted to get it absolutely right before he showed it. As soon as he got it right he was going to send it to his father. He had had a very good vacation, he said, one of the best and he was glad he had such good reading too and ⑤<u>he thanked his father for not pushing him too hard on the writing</u> because after all a vacation is a vacation and this had been a fine one, maybe one of the very best, and they certainly had had some wonderful times they certainly had.

It was seven years later that his father read the prize-winning story again. It was in a book that he found in checking through some books in the boy's old room. As soon as he saw it he knew where the story had come from. He remembered the long-ago feeling of familiarity. He turned through the pages and there it was, unchanged and with the same title, in a book of very good short stories by an Irish writer. The boy had copied it exactly from the book and used the original title.

*1 gulls：カモメ　*2 cockfight：シャモなどの鳥をたたかわせる遊び、闘鶏

(出典：Ernest Hemingway, "I Guess Everything Reminds You of Something" in *The Complete Short Stories of Ernest Hemingway*, New York, Scribner, 1987.)

MONSTER.1 下線部を①を和訳せよ。

MONSTER.2 下線部の②のhelpの意味にもっとも近いのは次のうちどれか。
　ア：discourage
　イ：rescue
　ウ：train
　エ：scold

MONSTER.3 （　①　）に入る単語を答えよ。

MONSTER.4 以下の単語を（　②　）に入る適切な語順に並べ替えよ。

　　you, I, of, everything, something, guess, reminds

MONSTER.5 下線部③の父親の発言から読み取れるものとしてもっとも適切なものを選べ。
　ア：息子に無駄な文章を書いてほしくないという懸念
　イ：内心では息子を手伝いたくないという面倒臭さ
　ウ：あまり息子に干渉しすぎてはいけないという自制

MONSTER.6 下線部④の意味にもっとも近いのは次のうちどれか。
　ア：astonished
　イ：scared
　ウ：impressed
　エ：bored

MONSTER.7 （　③　）に入る発話としてもっとも適切なものはどれか
　ア："No way,"
　イ："Don't mention it,"
　ウ："Sure,"
　エ："Your welcome,"

MONSTER.8 下線部⑤を和訳せよ。

MONSTER.9 二重下線部の息子の気持ちを、文章(B)の内容を踏まえて40字以上70字以内で説明せよ。

 〈 答 案 用 紙 〉

MONSTER. 1	
MONSTER. 2	
MONSTER. 3	
MONSTER. 4	
MONSTER. 5	
MONSTER. 6	
MONSTER. 7	
MONSTER. 8	
MONSTER. 9	

さて、私の作った問題集はいかがでしたか？

最後に総合長文問題でしめくくりましょう。骨のある問題ばかりですから集中しないと殺られますよ。

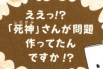
ええっ!?「死神」さんが問題作ってたんですか!?

MONSTER 1　会話文の下線部和訳問題

"Do you know how good it is?" って中学生でも知ってる単語ばかりだから、訳文に工夫が欲しいですね。まずは「how以下を知っているか？」ですよね。

そう、how以下がknowの目的語になる名詞節です。疑問文で "How good is it?" から確認させましょう。

「それはどのくらい良いのですか？」ですよね。

そのとおり。それが名詞節になるとis itの部分の倒置がなくなります。すると？

「それがどのくらい良いか（知っているか？）」って感じ？

良いですね。もっと言えば、これは父親が息子に対して言っているセリフですし、itは息子が書いた短編小説を指しますから、「おまえ、この短編がどれだけ出来が良いかわかってるのか？」といったところでしょう。できる生徒には文体の工夫も教えたいところです。

MONSTER 2　多義語の意味決定問題

"She wants me to help you." は、want 人 to do で「人に～してほしい」って意味になる基本構文ですね。

sheとmeとyouはそれぞれ誰だか確認しておきましょうか。

母親、父親（私）、息子（おまえ）、です。

OK。だから、「母さんは私におまえをhelpしてほしいんだよ」という意味ですね。

このhelpは基本的には「助ける」って意味ですし、文中では否定的に使われてるわけじゃないから、ア：discourage（やらないように勧める）とエ：scold（叱る）は消去しやすいはず。

そう、選択問題はまず消去法ですね。イ：rescueか、ウ：trainか選ぶのが勝負です。あとは文脈ですね。

rescueは辞書で引いてみても、やっぱり「困っている人を救助する」ってニュアンスですよね。文脈的に、もっと励ましたり助言したり、encourageって感じの意味です。

はい、というわけでウ：train（教育する、鍛える）が正解ですね。trainはぜひ辞書を引かせましょう。

Chapter 7 長文

POINT

長文の弱点①

下線部和訳は代名詞が何を指すのか明らかにする！

会話文の訳出は文体にも気を配る！

ANSWER

MONSTER.1 おまえ、この短編がどのくらい出来が良いかわかってるのか

POINT

長文の弱点②

選択問題はまず消去法！

多義語の意味決定は文脈をちゃんと考える！

ANSWER

MONSTER.2 ウ

MONSTER 3 空欄充当問題

これは**基本問題**ですね。時間がかかる、費用がかかる、などは……。

「it takes 人 時間」「it costs 人 費用」構文は何度も教えたし皆できるはず！2時間かかったなら、It took me two hours to do ... って感じ。

はい、というわけで答えは**take**です。**tookにしないように！**

MONSTER 4 並べ替え問題

somethingとeverythingがあって、イジワルですね〜。

フフフ……。これくらいで殺られるようじゃまだまだです。

まずは動詞を探すのがセオリーですよね。remindsとguessのふたつ。

remindの構文は「**remind 人 of 物事**」ですから、reminds you ofが決まりますね。

guessの主語は人だから、I guess (that) ... reminds you of ... まで確定。

ここまでは全員に到達してほしいですね。あとは「なにかがすべてを思い出せる」のか「すべてがなにかを思い出させる」のかの差です。

直前でお父さんが、「これは昔読んだ小説を思い出させる」って言ってて、それに対する返答だから後者だってことですよね。難しめ？

そう、**文脈を把握しないと解けません**。長文問題は文脈が大事だと強調しましょう。

MONSTER 5 心情説明問題

熟語の問題ですね。

そうともいえますが、ちょっと違います。look over one's shoulderやbreathe down one's neckを**熟語として暗記していますか？** ということを問うているわけじゃないんです。

知らなくても解けるってこと？

そのとおり。これは熟語の知識ではなく、**文脈把握能力**を問うています。父親は「私は〜したくない」と言っているわけですが、その真意を推測するという問題ですね。

ちょっと難しい……あ、けど選択問題だから。

そう。「訳せ」だったら難しすぎですね。しかし選ぶのは簡単です。**父親はあきらかに手伝ってやりたいという感じ**でしょう？

そっか、look over one's shoulderやbreathe down one's neckは、なんていうか、**ウザい感じだってわかれば十分**ってことですね。

Chapter 7 長文

ANSWER

MONSTER. 3 How long did it (take) you to write that story?

POINT
この箇所が短編のタイトルにもなっています。「何を見ても何かを思いだす」という日本語訳で親しまれている、アーネスト・ヘミングウェイの小説ですよ。

ANSWER

MONSTER. 4 I guess everything reminds you of something

長文の弱点③
並べ替えは動詞をまず見つけて構文を組み立てる！

POINT

長文の弱点④
ムズい問題は知識よりも文脈をフルに活かす！

ANSWER

MONSTER. 5 ウ

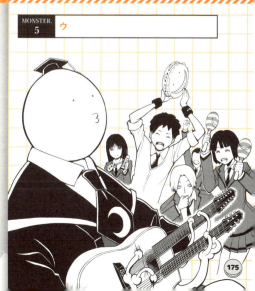

MONSTER 6 熟語の意味決定

- こんどは下線部が熟語です。stayもwithもごく基本的ですね。

- これは文脈的には、「stay withしたものをお互い書いてみよう」って話ですよね。

- そう。だから一種の無生物主語の文のようになっていて、心に残ったもの、という意味ですね。どちらにしてもエはすぐに消せるし、アとイは言いすぎです。

- また答えがウ...。

- おっと。たまたまですね。こういうこともあります。

MONSTER 7 会話文の選択問題

- これは直前の息子の発言の意味がわかればカンタンです。

- えーと……ちょっと砕けた英語ですけど、「たぶん僕はこないだの極端のやり方でやっていくほうが良いと思うんで」って感じ？

- なかなか上手いですね。父親の助言を受けて、自分のやり方でやってくよ、と言ってます。

- それに父親は同意するはずだって文脈把握が大事ですね。

- そう、だからこれはMonster 5と繋がってるんですね。父親は、手伝いたい気持ちでいっぱいだけど、お節介を焼きすぎるのも良くないと思ってるわけです。だから「そうか、わかった」といったことを言うはずで、「俺の言うことを聞け！」という感じにはならないはずなんです。

- なるほど〜。って、じゃあまたウっていうか全部ウじゃないですか!!! ぜったいわざと!!!

- 選択肢がぜんぶ同じ記号になっても動じない学力を養ってほしいと願ってのことですよ。

MONSTER 8 地の文の下線部和訳問題

- これもpush hardが「せっつく」感じですね！

- フフ……わかってきましたね。長文総合問題というのは、文法や単語の知識を問うだけじゃなく、覚えた個々の知識を、長文の内容を読むときに総動員して使えるかを問うているんです。だから文法力を鍛えるたびに、おなじ長文問題を解きなおさせて自信をつけてあげると良いですよ。

- さすが「死神」さん、良いこと言う。

- そろそろ本書のまとめを意識してますからね。次頁に続きますよ。

MONSTER.8 地の文の下線部和訳問題

さて下線部です。

「息子は父親に感謝した」はOKですよね。そのあとは「しつこく書け書けと言わない」って感じ？

イイですね。「しつこく書け書けと言わなかったので、息子は父に感謝した」でほぼOKです。
ただ、ここは直前に"he said,"ってあるでしょう？ 全体が息子の発言の間接話法みたいになってるんですよ。

ひえ〜。高度ですね。

ええ、だからそこまで出来てない答案もマルで良いですが、一番良い訳は、「あんまり書け書けって言わないでおいてくれてありがとう」といったところです。

MONSTER.9 心情説明問題

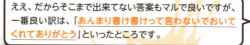

さて、最後の問題です。難問ですよ。

(B)の部分を読むと、賞を取った息子の短編が、じつは盗作だったってことがわかるってオチになってますね。お父さん、つらい。。

そうです、「盗作」という言葉で1ポイントですね。

それから二重下線部で息子はお皿を見つめていて……バレたらどうしよう、みたいな？

まぁそうですが、この場で父親に露呈するとも思えないので、「決まりが悪い」「ばつが悪い」「気まずい」みたいな感じでしょうね。「心配」とか「懸念」でもいいですよ。

「自分の書いた短編がじつは盗作なので決まりが悪い」で23字か。もうすこし説明できますね。

「気まずさ」の理由をもう少し説明しましょう。父親は作家ですが、息子としては、お父さんが自分(＝息子)に才能があると思いこんでしまっているというのが苦しいわけでしょう？

ニセモノの自分の才能に対して、父親がグイグイ来る感じが辛いって感じですね。

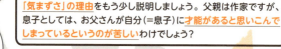

そのとおり。右のような解答になります。

ふーっ！ わたしにも難しかったけど、教師としてタメになりました！

おつかれさまです。これが完璧なら東大も余裕ですよ。ボロボロだった人も、『殺たん』シリーズで鍛えなおしてまた挑戦してみてほしいですね。

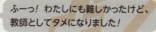

Chapter 7 長文

POINT
長文の弱点⑦
長文問題は英語の知識の総合問題だと心得よ！

POINT
長文の弱点⑧
説明問題は得点のポイントを意識する！

ANSWER

MONSTER.8
パパがあんまり書け書けとせっつかないのがありがたい

ANSWER

MONSTER.9
賞を獲得した短編が盗作であることを知らず息子に才能があると思いこんでいる父親に対して、決まり悪く思っている。(54字)

(A)

「この短編は相当いいぞ」と少年の父は言った。「おまえ、これがどのくらい良いかわかってるのか？」
「パパに送ってほしくなかったんだけどなぁ」
「他にも書いたのがあるのか？」
「その短編だけ。ほんとにパパに送ってほしくなかったなぁ。でも賞をとったときは……」
「ママは私におまえを助けてほしいのさ。でもこんなに巧く書けるんだったら助けなんて要らん。ただ書けばいい。あの短編を書くのにどのくらいかかった？」
「そんなに長くはないよ」[…]
「あの話に出てくるカモメなんていったいどこで知ったんだ？」
「パパが僕に教えたんじゃないかな」
「ほんとによく書けとる。だいぶ前に読んだ話を思いだすな」
「パパは何を見ても何かを思い出すんでしょ」と少年は言った。
　その夏、少年は父が書庫から選んでくれた本を読んでいて、昼食で母屋に来たときは、野球をしていたり射撃クラブに行っていたりしないかぎり、彼はだいたいいつも執筆中だと言うのだった。
「見せたければいつでも見せなさい。何か困ったことがあるとか」と父親は言った。
「知ってることについて書くんだぞ」
「書いてるよ」
「あんまり過保護になったり干渉しすぎたりしたかないけどな。でも、おまえがやりたければだが、私たちがどっちも知ってることがらについてシンプルな問題をやってみてもいいぞ。トレーニングになる」
「いやぁ、大丈夫だよ」
「見てほしいと思うまで見せなくていいからな。『遥かな国、遠い昔』はどう思った？」
「すごい好きだよ」
「問題ってのはつまりだな、市場（いちば）とか闘鶏とかに一緒に行くとするだろ、それでふたりでそれぞれ見たものを書いてみるわけだ。見たもので何がほんとに心に残ったか。[…] ちょっとしたことをだな。お互いが何を見たのかを見るわけだ。」
　少年はうなずいて、目の前の皿を見つめた。[…]

「この短編でやったようにやっていくのが良いんじゃないかと思うんだよね」
「そうだな」
　息子の歳の頃は私でもあんなに巧くは書けなかった、そう父親は思った。あんなに巧かった人なんて他にもいない。[…]

Ⓑ

　彼が父親に2本目を見せることはなかった。休暇の終わりまでに満足のゆくものが書けなかったのである。息子が言うには、見せるまえにカンペキにしたい。ちゃんとできたらすぐにパパに送る。とても良い休暇を送っている。最高の休暇だと言ってもいいくらいで、さいわい良質な読書もできている。パパがあんまり書け書けってせっつかないのがありがたいよ、なにせ休暇は休暇なんだし、とくに今回の休暇は最高の休暇のひとつだからさ。パパともほんとに素晴らしい時間を一緒に過ごせたし。
　その賞をとった短編を父親がふたたび読んだのは7年後だった。それは、少年の使っていた部屋にある本をチェックしていたとき、とある本のなかに収められていた。父親は見た瞬間にその出自がわかった。昔むかしの慣れ親しんだ感覚が蘇った。ページを繰ってゆくとそれはあった、あいも変わらず、元のままのタイトル、あるアイルランドの作家の秀作短編を集めた本である。少年はタイトルもふくめ、その本からまるごと書き写したのだった。

(訳：阿部幸大)

担当：狭間綺羅々

日本文学の英語名クイズ！

タイトルの訳し方は、直訳もあれば意訳もあるわ。ただ教えるだけじゃつまらないから、クイズにしといてあげたわ。

活字好きで、本に囲まれたいという理由から図書館司書になることが目標。魔女っぽい見た目通り、E組の闇キャラ担当。皮肉屋で、言葉によるメンタル攻撃が得意。

本来のタイトルをほぼそのまま英訳しただけのタイプ。国語や社会の授業で習ったものも多いし、これくらいはヒントなしでも答えられるでしょ。

猫耳メイドに銀閣寺…ヒントなのかミスを狙ってるのかわからないわね

- Q1. I Am a Cat
- Q2. The Dancing Girl
- Q3. Snow Country
- Q4. Tale of Heike
- Q5. The Temple of the Golden Pavilion

ここでピックアップしてる作品は、使われてる単語や熟語の意味が分かれば容易にタイトルが想像つきそうなものばかりね。私のヒントも参考に頭を柔らかくして考えてみることね。

- Q6. Strong in the Rain

直訳した「雨の中で強い」をひねればわかるかも

- Q7. The Pillow Book

「BOOK」をどう訳すかがポイントね

- Q8. Essays in idleness

「Essay」は「随筆」、「idleness」は「無為」とかって意味があるわね

Q9. Night on the Galactic Railroad
「Night on the Milky Way Train」なんて訳され方もあるみたい

Q10. No Longer Human
「No Longer」は「もはや…でない」という意味よ

Q11. Click-Click Mountain
これは童話。クリックするときの音を想像してみるといいわ

これは本のタイトルを知ってたとしても、物語の内容を知らないと答えられないかもしれないわね。どんなに考えても答えが出ないなら、さっさと答えを見ちゃえば？　クックック

Q12. Growing Up
直訳すると「成長する」という意味だけど…

Q13. Inspector Imanishi Investigates
「Inspector」は、ここでは刑事のことを指してるわ

Q14. Naomi
ヒロインの名前がタイトルになっているパターンね

Answer

- A1.『吾輩は猫である』（夏目漱石）
- A2.『舞姫』（森鷗外）
- A3.『雪国』（川端康成）
- A4.『平家物語』（作者不詳）
- A5.『金閣寺』（三島由紀夫）
- A6.『雨ニモマケズ』（宮沢賢治）
- A7.『枕草子』（清少納言）
- A8.『徒然草』（兼好法師）
- A9.『銀河鉄道の夜』（宮沢賢治）
- A10.『人間失格』（太宰治）
- A11.『かちかち山』
- A12.『たけくらべ』（樋口一葉）
- A13.『砂の器』（松本清張）
- A14.『痴人の愛』（谷崎潤一郎）

訳者によって英訳タイトルが違う場合もあるわ

調べてみると面白いかもね

7. 出演の時間

『あと十分で撮影開始するぞ。みんな、準備急いでくれ！』
　ナッツォーニがメガホンを通じて声を張り上げた。屋台通りを再現したセットを本物らしく見せるために美術班が大忙しで手を入れている。菅谷(すがや)も美術班の一員として生活感が出るよう屋台に汚しをかけている。
　E組のうち運動能力に自信のある木村(きむら)、磯貝(いそがい)、片岡(かたおか)、岡野(おかの)、前原(まえはら)は控えスペースで衣装を着ようと急いでいる。黄金の仏像奪還でのE組の活躍をジェロームから伝え聞くと、監督は急遽シーンの追加を思いついた。スタントマンが揃わなくて一度はボツになっていた、リンを追ってきた日本の忍者がジェロームと対決する、というシーンに登場する忍者集団役のオファーをE組に出してきたのだ。
　忍者の衣装作りを手伝った原(はら)のチェックを受けている木村は、アクションシーンに参加できるとあって期待でうずうずしていた。カルマが控えスペースにいる五人の忍者姿を覗きにきた。
「ほんと欧米人は脈絡もなく忍者出したがるよねー。でもあの監督の場合、それも面白くしちゃうから、俺もそっちがよかったな」
「カルマの方がうらやましいって。今をときめくジェロームのスタントをやったなんて言ったら、女の子にモテモテだぜ」
　前原らしい発想だ。ジェロームが負傷したためにアクションシーンを演じられなくなってしまい、背格好が似ていて運動もいけるカルマがスタントに抜擢された。カルマはカルマで、ナッツォーニ監督の映画に出演できるとあって、表向きは平静でいるが実は内心ワクワクしている。
「カルマ、すっごいうれしいよね？　隠してもわかっちゃうよ」

渚がカルマの心中を見透かした。
「別にぃー」
　そう言いつつ、カルマはニヤリとした。

　ナッツォーニがメガホンを通して号令をかけた。
『それじゃあ、本番だ！　アクション！』
　現地エキストラの演出を担当する事になった助監督の三村が、号令を受けて手を大きく回した。
『アクション！　歩いて！』
　通行人役が通りで行き来を始める。屋台の店の人達も演技を始めた。そこへジェロームの代わりを演じるカルマと、リン役を演じる茅野が走りこんでくる。二人は焦って逃げている様子だ。後ろから覆面と黒装束で全身を隠した忍者集団が追ってくる。忍者達は通行人を飛び越えたり、屋台の上を走ったりと身軽さを活かしてあっという間に二人に追いつき、取り囲んだ。
『カット！　素晴らしい！　思い描いていた以上の出来だ!!』
　ナッツォーニは興奮して叫んだ。
『君達はいったいどうしてこんなに身体能力が高いんだ？』
　監督の横で見学していた倉橋が、胸を張って答える。
『中学の時の体育の先生がすごく厳しかったの。あの先生の人間離れした動きを見たら、監督絶対オファー出すと思うよ～』

　茅野がミスを重ねて撮れなかったシーンの再撮影を行うにあたり、ナッツォーニは茅野がキスシーンにナーバスになっているのを見越して、スタッフに静かに仕事を進めるよう促した。茅野はそんな空気を敏感に感じ、「集中、集中」と自分に言い聞かせた。

主演二人のキスシーンが撮影されると噂が伝わって、見物人がいつもよりも多く集まった。
『静かに、静かに』
　三村は現地の人に向かって英語と手振りで音を立てないよう伝えた。だが、そう簡単には静かになってくれない。
　ガヤガヤと野次馬が集まってくる一方で、渚はスッと撮影現場から離れた。
「渚、どこいくの？　撮影現場はあっちだよ」
　カルマが渚を捕まえた。
「茅野の邪魔にならないようにと思って」
「茅野ちゃんの刃はそんなに脆くないって言ってたの、渚じゃん。ここで信頼してあげなくてどうするんだよ」
「……あと、茅野とジェロームのキスシーンを見たら、余計な心配しちゃいそうで」
「ほうほう、それはまたどうして？」
「茅野がいるのは、仕事を通して何が起きるかわからないような怖い世界でしょ」
「まー……かもね」
「万が一ああいう悪い虫がついて、彼女の女優業の将来に悪影響が出ちゃったら……って想像すると、応援してる身としては複雑でさ」
　ハリウッドの新星を悪い虫呼ばわりする渚を見て、カルマは吹き出しそうになった。友情か、親心か、ファン心理か、はたまた別の感情か。どれが本音かは本人にもわからないけど、渚にとって茅野は、特別大切な存在である事に変わりはないのだろう。
「ほら、ガタガタ言ってないで見に行くよ。応援してるんならちゃんと見届けなきゃ」
　渚の肩を抱いて無理やり引っ張っていく。
　撮影現場では茅野とジェロームがすでに立ち位置に入っていた。茅野は緊張した表情で集中力が途切れないよう努めている。それに対して、ジェ

ロームはニヤついた顔で茅野のことをジロジロ眺めている。今までキスシーンを演じた女優で、落とせなかった女優はいなかったからだ。

『アクション！』

　リンのセリフから芝居が始まる。
『どうせあんたはお金目当てなんでしょ！』
『ああ。俺は金が大好きさ。でもな、他にも好きなものがあるんだよ！』
『何よ！』
『お前だよ』
　ジェロームがリンの唇を塞ぐ。彼の自信を裏付けるような、熟達したキス。
　──唇を離した時、ハルナの瞳は、もうジェローム様にメロメロ……。

　その瞬間、リンからビンタが飛んできた。
　思わずほほを押さえて呆然とするジェロームの手をどかし、リンがビンタの跡にキスを返す。
『勝手に唇を盗むなんて！　これでおあいこだからね』
　ジェロームは目を見開いてリンのことを見つめた。それに対するリンの活き活きとした笑顔が好対照で、観客に二人の冒険への興味を、強く抱かせる。
『ほら、ボーッとしてないで。お父さんの仏像を取り戻しにいくよ！』
　リンは頭が真っ白になっているジェロームの腕を引っ張り、連れていった。

『カット！　ハルナのアドリブ、最高だったな！』
　ナッツォーニはゲラゲラ笑って茅野を褒めた。ジェロームは不服そうな顔をしている。
『か、監督、これって台本と違うよね？』
『ああ、違うとも。ハルナから「リンは勝気なキャラなのに、キスひとつで

男になびくのは単純過ぎるから、芝居を足したい」と提案されてたんだ。しかし、まさかアドリブでいきなり君をひっぱたくとはな！ 恐れ入った！』
『ちぇっ、俺のアドリブは小芝居扱いしてたくせに。監督、笑いすぎだよ！』
『ジェローム。君の才能は、アドリブを食らった時のリアクションの方にこそある。今の自分の映像をチェックするといい。キャラの魅力を最大限に引き出す、一級品の表情をしているぞ』
『……』
　実際、監督の見る目は確かだった。後にこのシーンでのジェロームのコミカルな表情は高く評価され、彼は役者としての幅をより広げる事になる。

　――なんて女だ……。セリフは一切変えてないのに、ビンタ一発挟むことでシーンの躍動感を倍増させやがった。

　映像チェックをしたジェロームは、自分も彼女も光らせた茅野の演技センスに驚愕した。まるで彼女は、役者の皮をかぶった殺し屋だ。いい加減な演技をしていたら、主役の自分が食い殺される。ナンパはしばらくお休みかな……。残りの撮影、死ぬ気で演らないとヤバいみたいだ。

　待機エリアに戻ってきた茅野を、E組がわっと取り囲んだ。
「今の良かったな！　あいつには悪いけどスッキリしたわ!!」
「台本に無かったよなあのビンタ！　アドリブってやつ？」
「でもよ、キスしてラブラブで去っていく台本なのに、いきなり変更されてビンタだろ。よく監督が通したよな」
「ククク、私らが根回ししといたのよ」
　狭間と不破が、ひと企み終えた顔で笑っている。
「大作映画にありがちな、ご都合主義丸出しの脚本なんだもの。原作は本来ラブストーリーでもないのに、あんな安い展開にされて。原作でのリン

のキャラは、簡単になびかない芯の強さが魅力なはずよ」
　不破が狭間の意見にうなずいた。
「だからさ、せっかくだったら強気なキャラを活かした方がいいんじゃないかーって、食事の時間を狙って監督に言っといたんだ」
「監督もまんざらでもない感じだったわよ。スポンサー受けの良い脚本家をプロデューサーから押し付けられたみたいで、台本に不満はあったみたい。ね、三村」
「うん。監督としても、茅野のアドリブに乗っかっちゃえば、脚本も変更しやすいだろうしな。ハリウッドじゃ、全て撮り終えた編集の段階でオチが180度変わるなんて結構ある事だし」
「で、三人から聞いた監督の反応をヒントにして、ああいう風に演じてみたんだ。OKが出るかどうかはドキドキだったけどね」
　茅野は苦笑いした。

　なおも台本の話で盛り上がるクラスメイト達を置いてドリンクを取りにいった茅野は、ポカンとしている渚を見つけた。
「渚！　どうだった、今の演技？」
「……すごかった。当たり前かもしれないけど……あそこにいたのは茅野じゃなくてリンだった。リンの心と言葉でキスをして、戻ってきたらいつもの茅野だ。演じるってこういう事なんだね」
「役者にもよるけどね、私はカットがかかったらそこに役を置いてくるの。だって普段の私は普段の私だもん。仕事を家に持ち帰りたくないもんね」
　渚は、改めて茅野のプロ意識の高さを尊敬し、さっきまで要らぬ心配をしていた自分を恥じた。
「でさでさ、ジェロームのキスどうだった？　うまかった？　どうどう？」
　中村がゲスい心をむき出しにして茅野に尋ねた。
「うーん、ビッチ先生のキス知ってるからかなあ、あの位ではどうという事も」
　皆がざわめいた。

「おお～、ハリウッドスター相手に、うちの茅野は言うね言うねー!」
　中村が煽った。
　畳みかけるようにカルマが茅野と渚を見回しながら茶化す。
「渚なんて、ジェロームのキステクで茅野ちゃんがメロメロになるんじゃないかって心配してたのになー」
「ちょ……カルマ!」
　渚が慌て、茅野が敏感に反応した。
「ひっどーい、あんなチャラ男にホイホイ引っかかると思ってたの!?」
「ごめんごめん」
　今度は渚がいろいろ責められる番だ。
「渚、謝れよー」
「茅野の事、ビッチ扱いしやがって」
「ほんとごめん」
　手を合わせて謝る渚の姿に、茅野は三年前の渚を思い出した。
　触手に殺されかけた茅野をキスで救ってくれた後にも、渚は同じように謝った。あの時、心臓を射抜かれた茅野は、それ以来渚に心を奪われたまま。例えこの先、どれほどの人気俳優にどれほど上手なキスをされたとしても、中学の同級生が命がけでくれたキスに敵うはずがないのだ。
　――気づいてないんだろうなぁ……自分がどれだけ恐ろしい殺し屋か。
　茅野から漏れた苦笑は、昔と変わらない仲間たちのノリを見てすぐに本物の笑顔に変わり、再び渚をいじる輪の中に戻っていった。

　皆が大笑いして肩を抱き合いふざけているその上に、崩れかけた三日月が昇る。成長したような、まだまだこれからのような、そんな生徒達を見守るように。

　3年E組は、暗殺教室。
　始業のベルは、明日も鳴る。

暗殺教室 殺たん
センター試験から私大・国立まで！ 問題集の時間

●本書は書き下ろしです。
2017年9月9日　第1刷発行

原作	松井優征
小説	久麻當郎
英語監修	阿部幸大（東京大学 大学院）
ネイティブチェック	トーマス・洸太・レイシー
装丁	久持正士／土橋聖子（ハイヴ）
編集	ウェッジホールディングス
原作担当	村越周
担当編集	渡辺周平
編集人	島田久央
デザイン	ウェッジホールディングス ［渥美綾子／関幸江／平塚賢太］
発行者	鈴木晴彦
発行所	株式会社 集英社 〒101-8050 東京都千代田区一ツ橋2-5-10 編集部　03(3230)6297 読者係　03(3230)6080 販売部　03(3230)6393（書店専用）
印刷所	凸版印刷株式会社

Printed in Japan
ISBN978-4-08-703425-7 C0093
検印廃止

©2017 Y.MATSUI / A.KUMA / K.ABE

本書の一部あるいは全部を無断で複写複製することは、法律で認められた場合を除き、著作権の侵害となります。また、業者など、読者本人以外による本書のデジタル化は、いかなる場合でも一切認められませんのでご注意下さい。

造本には十分注意しておりますが、乱丁・落丁（本のページ順序の間違いや抜け落ち）の場合はお取り替え致します。購入された書店名を明記して小社読者係宛にお送り下さい。送料は小社負担でお取り替え致します。但し、古書店で購入したものについてはお取り替え出来ません。

●参考文献
安藤貞雄『現代英文法講義』開拓社、2005年。
中原道喜『マスター英文法解釈』聖文新社、1999年。
中原道喜『基礎 英文法問題精講』旺文社、2003年。
綿貫陽、マーク・ピーターセン『表現のための 実践ロイヤル英文法』旺文社、2006年。
松井優征、久麻當郎、阿部幸大『暗殺教室 殺たん』集英社、2014年。
松井優征、久麻當郎、阿部幸大『暗殺教室 殺たん 基礎単語でわかる！熟語の時間』集英社、2015年。
松井優征、久麻當郎、阿部幸大『暗殺教室 殺たん 解いて身につく！文法の時間』集英社、2016年。
『ランダムハウス英和大辞典 第2版』小学館、1993年。

Special Bonus ILLUSTRATION & NOVEL　　　　　松井優征先生特別描き下ろしイラスト・書き下ろし小説

——という夢を見た
It was all a dream

「いいね、渚君。その殺せんせーの夢、本にしようよ!!」
　電話の向こうで、渚の夢の話を聞いた不破の声が弾む。
「ほ、本に!?」
「私、集英社に就職したから、その話を企画できるんだ。
私達が中学で英語を学んだ経験を元に、英語の学習書作ろうよ。
小説は狭間さんに頼んでさ、英語の監修は教師の渚君がやってよ」
「そ、そんな急に言われても…」
「決定ね!!　第一弾は英単語帳かな。…そうだ、
タイトルは渚君が決めていいよ、アイデア元だしね。何が良い?」

　一度ネタを思いつくと最後まで突っ走る不破の癖は相変わらずだ。
　冗談か本気かもわからないまま、渚は苦笑しながら考える。
　昔、先生の名前を決めた時のように、安易な由来で構わないだろう。

「じゃあ……殺せんせーの単語帳だから…『殺たん』で」

修了試験をがんばったみなさんへ!!
『殺たん センター試験から私大・国立まで!　問題集の時間』のさらなるおまけ情報満載のスペシャルHP!!!
http://j-books.shueisha.co.jp/pickup/korotan/
上のHPへ今すぐジャンプ!!!

KOROTAN 殺たん 3-E Graduation Test 修了試験

次のカッコに適切な語句を入れよ。
(1) その計画に同意する人もいれば、反対する人もいる。
　　(　　) are for the plan, and (　　) are (　　).
(2) 幸福は満足にあり。
　　Happiness (　　)(　　) contentment.
(3) せんせーはその仕事をやったりやらなかったりだ。
　　Our teacher does that job (　　) and (　　).
(4) 彼女にこの本を買うように説得してくれない？
　　Can you (　　) her (　　) buying this book?

次の文をそれぞれ訳しわけよ。
(1) Ⓐ He was nearly killed on the bridge.
　　Ⓑ He was killed near the bridge.
(2) Ⓐ You have to remember to see our teacher.
　　Ⓑ You must remember seeing our teacher.
(3) Ⓐ I hate the man because he is narcissistic.
　　Ⓑ I don't hate the man because he is narcissistic.

"He is the smartest student in our class." という最上級表現の文を、以下の与えられた条件にしたがって書き換えよ。
(1) 比較級を用いて
(2) 原級を用いて
(3) 文をNoではじめて

次の文を英訳せよ。
(1) 彼女はうちのクラスで2番めに可愛い。
(2) 彼は100万円も持っている。
(3) 馬が魚でないのと同様、鯨は魚でない。
(4) 明日、雨が降ったら家にいます。
(5) 例外のない規則はない。[thereとbutを使って]

次の文を和訳せよ。
(1) You might as well throw your money than spending on gambling.
(2) Whatever you may say, I won't believe him.
(3) Shall she wait?
(4) I'm used to being hated by everybody.

殺たん センター試験から私大・国立まで！ 問題集の時間 # 修了試験

3-E

注 意 事 項

1. この試験の問題は本書に収録された内容から構成されている

2. この試験は、本書の内容を修めた者のみが開くこと

3. 解答には黒色鉛筆、または黒色シャープペンシルを使用すること

4. 何度もこの試験を受けることができる。ただし、何度も受ける場合は、答えを書きこむページを複数用意すること

5. この試験を受ける者は、不正は行わず、正々堂々と取り組むこと

6. 制限時間はない。本書で学んだことを思い出して臨むこと

7. 試験途中での中断は可能。小休憩等を挟みつつ、完遂すること

8. 解答の後には松井優征先生描き下ろしマンガが収録されている。
   必ず解き終わってから参照すること

カッターやハサミで丁寧に切ってね！手を切らないように気をつけよう!! ▶

KOROTAN Answers
殺たん　　　　　　解答

(各5点、合計20点)

(1) Some, others, against p.024
(2) lies/consists in p.050
(3) on, off（逆でも可）......p.050
(4) talk, into p.054

(各5点、合計15点)

(1) Ⓐ 彼はその橋の上で、あやうく殺されるところだった。......p.028
　　Ⓑ 彼はその橋の近くで殺された。......p.028
(2) Ⓐ せんせーに会うのを忘れちゃだめだよ。......p.072
　　Ⓑ 君はせんせーに会ったのを覚えてるはずだよ。......p.080
(3) Ⓐ 私は彼がナルシストっぽいから嫌いだ。......p.136
　　Ⓑ 私が彼を嫌いなのは、彼がナルシストっぽいからではない。......p.136

(各5点、合計15点)

(1) He is smarter than any other student in our class. p.108
(2) He is as smart as any other student in our class. p.108
(3) No other student in our class is smarter than he. p.108

(各6点、合計30点)

(1) She is the second prettiest/cutest in our class. p.108
(2) He has no less than one million yen. p.108
(3) A whale is no more a fish than a horse is. p.132
(4) I will stay at home if it rains tomorrow. p.104
(5) There are no rule but has exceptions. p.100

(各5点、合計20点)

(1) ギャンブルに金を使うくらいなら捨てるほうがマシだ。......p.080
(2) 君がなんと言おうとも、私は彼を信じない。......p.080
(3) 彼女を待たせましょうか？ p.080
(4) 僕はみんなに嫌われるのには慣れている。......p.076

	+		+		+		+		= 合計		点

〈答案用紙〉

MONSTER. 1
(1)
(2)
(3)
(4)

MONSTER. 2
(1) Ⓐ
    Ⓑ
(2) Ⓐ
    Ⓑ
(3) Ⓐ
    Ⓑ

MONSTER. 3
(1)
(2)
(3)

MONSTER. 4
(1)
(2)
(3)
(4)
(5)

MONSTER. 5
(1)
(2)
(3)
(4)